神様は少々私に手厳しい
7
Kamisama ha shoushou watashi ni tekibishii.
「ルーナ、道、道端！」
道端で、抱きしめられるのは
大変多大に恥ずかしい。
Ion Morino
守野伊音
Illustration
戸部 淑

「痛いんだ、カズキ。
お前を失うくらいなら、
いっそここで
一緒に死にたい……」

徐々に力が篭もっていく腕が、
恐ろしいとは思えない。

ただ、悲しい。

悲しくて、苦しくて、恋しい。

「ルー、ナ」

ツバキは、
震える手で伸ばされた
イッキの手を掴み、
額をつける。

「好きだ、カズキ。愛してる」
「私も、アリスちゃんが大好き！」

「ルーナ大好き!」
「俺も、愛してる」

化粧を直してもらって、たくさん写真を撮った。
本当にたくさん、溢れんばかりの写真を撮った。

神様は少々私に手厳しい 7

Introduction

神様は、やっぱり私に手厳しい?

皇都エルサムで始まった戦争の中、
カズキは人質解放の条件として
一人でディナストに追いかけ回されていた。
宮殿内を走り回って逃げていると、
異世界にやってきていたある人物と出会う。
その出会いがきっかけとなり、
大きな決意をするカズキ。
そして、城で待つディナストの元に
ルーナがようやくたどり着き、
長かった戦争はついに決着する。
戦乱の時代を駆け抜けた少女カズキと
騎士ルーナの運命は?
イツキとツバキはどうなる?
アリスは?　ユアンは?　リリィは?　エマは?
そして、カズキは現代日本に無事に戻れるのか?

涙腺崩壊! ハンカチ必須の
感動のクライマックス!

神様は少々私に手厳しい　7

守野伊音

ヒーロー文庫

神様は少々私に手厳しい

Kamisama ha shoushou watashi ni tekibishii.

Illustration 戸部 淑

7

CONTENTS

イラスト／戸部 淑
装丁・本文デザイン／5GAS DESIGN STUDIO
校正／竹内春子（東京出版サービスセンター）
ＤＴＰ／天満咲江（主婦の友社）

この物語は、小説投稿サイト「小説家になろう」で発表された同名作品に、書籍化にあたって大幅に加筆修正を加えたフィクションです。

実在の人物・団体等とは関係ありません。

三十六章　十年前と明けない夜

「あんた、恋愛小説の一つも読んだことないの⁉」

「だってつまんねぇじゃん。そんなの読んでる暇があるなら、おれは狩りいきてぇよ。あ、そうだ！　お前に弓教えてやろうか⁉　自分で捕った獲物は格別にうまいぞ！」

身体が温まるお茶を貰って、ほくほくしながらルーナと一緒に幌(ほろ)へと戻る。

私達は、皇都エルサムを包囲する連合軍に混ざるために移動を開始していた。雪に阻まれてはいるものの、元より彼らはこの雪深い地に住んでいる人達だ。雪対策は私達よりよっぽど万全だった。だから、近日中には到着する予定である。

幌の中には、胡坐(あぐら)かいて足元に座るナクタの髪を必死に梳(す)いて結い上げるシャルンさんがいた。

「いい本があるわ。それをみっちり読み込めば、淡い恋心の一つや二つ理解できるようになるんじゃないの？　あんた、今はまだいいけど年頃になってそれじゃあ、親父さんの心配も分かるわぁ。大半あのおっさんの所為(せい)だけど」

待ってください、シャルンさん。その本まさか、例の名前を言ってはいけないあの本じゃないですよね？

ルーナの指がごきりと鳴り、隣に座ったアリスちゃんがふいーと視線を逸(そ)らした。ユアンはお茶を運ぶ手伝いをしてくれた。いい子だ。

皆にお茶を配って回り、ルーナの横に座る。

「持ってるは持ってるぜ？　流行ってるからって親父が買い求めてくれた。えーと、確か、シャボン・ペンバルとかなんとかいうやつが書いたの」

「…………シャルン・ボーペルよ、お馬鹿。で、それどうしたの？」

「それが聞いてくれよ！　二冊重ねるとすっげぇいい高さの枕になってさ！」

「読みながら眠っちゃったのならまだしも、最初から枕にするやつがあるか、この馬鹿娘ー！」

シャルンさんは大いに嘆きながら、なんとか気を落ち着かせようとお茶に口をつける。そして盛大に噴き出した。言葉もなく身悶えた末に、ぱたりと動かなくなる。すわ毒かとパニックになりかけた私を横目に、ルーナは普通に飲んでいた。……いや、違う。普通じゃない。眉間の渓谷が凄まじい！

「う、ぐっ」

ぺろりと舐めたユアンが渾身の力で呻く。しまった、こんなことなら最初に口をつけておくべきだったかもしれない。この惨状を見てからだと、一口目に物凄く勇気がいる。

「火草の茶だぜ。そりゃまずいさ。でもこれ、オジジが淹れた奴だろ？　誰よりうまいんだぜ？」

慣れた様子で飲み干したナクタに勇気づけられ、私も一気飲みした。アリスとユアンも、覚悟を決めたようにぎゅっと目を瞑ってコップを傾けた、までは覚えている。

気が付いたら、ルーナの膝を枕にして、額に手を置かれていた。ルーナの両肩にはアリスとユアンの頭が乗り、白目をむいている。

結局火草の味は覚えていないけれど、知らないほうが幸せなことって、きっとある。

最近目が合っても合わなくても何かとキスをしかけてくるルーナが何もしてこなかったのは、人目が理由じゃないとだけは分かった。

火草の洗礼を浴びた後、立ち直るのに多少の時間を要した。よれよれしながら立ち直っていると、一つ用事を頼まれた。檻みたいな馬車に入ってるツバキに付き合って、エマさんもそこにいる。その二人にもお茶を渡してやってくれとのことだ。それは別にいいんだけど、これ、渡していいのだろうか。片手で持っているお茶をじっと見つめてしまう。

匂いも色も見た目も普通なのに、幌の中の四人の意識を奪ったお茶を一つ持って移動する。もう一つはルーナが持ってくれた。どちらの両手が塞がっていても転んだら大惨事になる。主に私が。

周りを囲んでいる人達に会釈して、檻を覆っている幕を持ち上げてもらう。

「エマさぁん、お茶をお持ちした故に覚悟してくださりよ」

ひょいっと覗き込むと、何故かアルプスの上でアルペン踊りをしていた。私はずっと、子ヤギの上で踊っていると思っていたのだが、そんな無情なことはしていなかったらしい。それにしても、こちらの世界で聞くとは思わなかった懐かしい手遊びだ。イツキさんに教えてもらったのだろうか。

……私がこちらの世界に齎したものは、指寸断拳骨だったのを考えると、ちょっと悲しい。私も素敵な手遊びを伝えたかった。

手を揺らすたびに手錠がじゃらじゃらと鳴るツバキは、遊んでいたのを見られてバツが悪そうだ。しかし、エマさんは大変楽しそうである。

「カズキか、悪いな。頂こう」

「エマ様、毒見が終わってからにしてください」

「お前、それこそ今更だろう」

苦笑されたツバキがぐっと詰まる。エマさんは別にこの馬車にいる必要はない。私達と同じように自由に馬車に乗っていられるけれど、ツバキと話したいからとこっちの寒い馬車に乗っているのだ。

「エマさん、こちらのお茶、非常に覚悟が入用よ」

私が持っていたほうをエマさんに、ルーナが持っていたほうをツバキに渡す。くんっと軽く鼻を鳴らして納得した様子から見るに、飲んだことがあるようだ。知らずに飲んで失神するのは私達だけで充分である。

「これなぁ、この匂いと見た目で何がこんなにまずいんだろうな」

ぐっと一気にあおったエマさんの隣で、コップを掴み合ってぎりぎりと押し合い圧し合いが繰り広げられている。せっかく顔の腫れが治まってきたのに、また殴り合いは勘弁してほしい。男の子は少しくらいやんちゃなほうがいいとは聞くけど、あの殴り合いはやんちゃの域を遥かに飛び越えている。

「うん、まずい！　もういらん！　悪い、ツバキ。ちょっと尻が冷えてきたから一旦出るな」

「はい、エマ様」

ぐいぐいとお茶を押し返しているツバキとルーナの攻防を横目に、開けてもらった扉からエマさんが出てきた。思いっきり伸びをして、ラジオ体操のような動きで身体を捩る。ぼきぼきと肩が鳴っているから、ずっと同じ体勢だったのだろう。

「ツバキとルーナをご一緒は大丈夫ですよ？」

「基本的に、人が集まれば腹に一物二物、蟠りにしこりと、色々抱えてるもんだしなぁ」

王族の感性が大雑把なのか、エマさんが豪快なのか。

「エマさんは、ツバキが如何様にしてルーヴァルより脱走したかご存じ？」

「ん？　ああ、ツバキは鍵開けの達人だぞ。しかも体中の関節外せるから、指か口が自由になったらほぼ逃げられる」

ツバキは牢屋と門番と手錠と手枷に謝ってほしい。あと、自分の関節にも謝ってください。関節だって、外されるためにはまってるわけじゃないんですよ！

エマさんは更に伸びて、ばきばきと背中も鳴らした。真似して伸びたら、私の背からはぴちっとよく分からない音が鳴った。やだ、私の筋って貧弱!?

「だからな、何も抱えない真っ新なイツキが眩しくてならなかったよ。あまりに無防備だから、どす黒いもん抱えた奴らさえ狼狽えてなぁ。お前も、そうだと思うよ、カズキ。ルーナにとって、お前の仲間達にとって、繋ぎなんだよ、お前は」

「繋ぎ」

「お前を挟めば大概のものが優しくなるんだ。人も、物事も、柔らかくなる。お前達が間にいれば諍いなんて起こらないんじゃないかと、甘えだと分かっているのに、そう思ってしまうくらいにな」

接着剤ほど強烈な存在にはなれない。重たい空気が苦手で、水に流せるものは流して、なあなあにしちゃったり、そんなずるい処世術だって確かにあった。でも、それが諍いを阻むワンクッションになったと言ってくれるのか。

「黒曜の名前はそこから来たんだろうな」

「え？」

二度見の落下黒曜がなんでしょうか。

そう思ったのに、エマさんは快活な笑顔を柔らかく解いた。柔らかで美しい、そんな笑みだ。

「太陽の光をそのまま見ると目を焼くだろう？　だが、黒曜石を通せば、光が柔らかく映るんだよ。だから古来より、太陽を眺める際は黒曜石を用いたんだ。どんなに強い光を放つ現実でも、お前を通すと世界が優しく、柔らかく見える。だから、お前の通り名は黒曜なんだろうなぁ」

黒曜。そう呼ばれるのは髪と目が黒いからだと思っていた。

いや、エマさんの買い被りの可能性もある。だってそんなの大それたことだ。

でもなんとなく照れくさくて、うへへと笑ってしまう。ちょっと幸せを感じながら戻ってきた私を見て、気持ち悪いとツバキが呟いた。

「カズキ、エマ様と何の話をしてたんだ？」

「私とムラカミさんは、牛乳と浸すたパン粉であるという話よ！」

「…………ほんとに何の話してたんだ？」

エマさんが言ってくれた言葉は嬉しいことばかりだったけれど、イツキさんと私は違う。イツキさんがエマさんにとってそういう存在でも、私には過ぎた評価だ。でも、ハンバーグの繋ぎのような人間になれたらいいなと思う。ワンクッションと、混ざり合う手伝いが出来たら更に嬉しい。

パン粉パン粉と心の中で繰り返していると、ルーナが無言なのに気がついた。じっとツバキの手を見ている。その手にはまった手錠にも、足枷にも布が巻かれていた。寒い中そのまま鉄に触れていたら凍傷になるからだろう。それにしてもルーナ、見過ぎである。繋ぎたいんですか。後ろに並んでたら次は私と繋いでくれますか。列はどこですか。

ルーナ側に並ぶべきか、ツバキ側に並ぶべきか悩んでいると、視線に気づいたツバキが気味悪そうに手を引っ込める。

「……なんだよ」

「そういえばカズキの指は、二本折れたなと」

「おい、おいおいおいおい！」

「大半は私の所為であった故、待ってー！」

ぎゅっと拳を握って指を確保したツバキ、一応ごめん。いや、多大にごめん。

わたわたしていると、遠くから呼ばれた。

「おーい、親父が……じゃなかった、頭領が呼んでんぞー」

「ああ、分かった。ちょっと行ってくる。いい子で待ってろよ」

エマさんは、ナクタに振った掌で、檻越しにツバキの頭をわしゃわしゃと撫(な)でた。ナクタの扱いもツバキの扱いも同じのようだ。それを受けるツバキはくすぐったそうな、複雑なような、そんな顔である。しかし振り払えないのか振り払わないのか、大人しく受けている。

「あと、お前顔色悪いから、それちゃんと飲んどけ」

「う……はい」

盛大に顔を引き攣らせたツバキは、それでも大人しくコップを手に取った。嫌々だと顔に書いてある。けれど、ちらりとエマさんを見てぐっと飲み干した。

本当にちっちゃい子どもみたいだ。ユアンのほうがまだ反抗期を迎えた少年だった気がする。

エマさんが強いのか。ツバキがエマさんに弱いのか。どちらもなんだろうなぁと思って眺めていると、ツバキに睨まれたので退散した。

頭領さんの所に向かったら、アリスとユアンも揃っていた。シャルンさんもいたけれど、私達を案内してくれたナクタを引きずって出て行ってしまう。

「あたしは政治家でも戦士でもないからね。担当違いよ」

「おれは残るぞ！」

「あんたは年齢制限に引っかかるわ！　あと、おつむの下限にも引っかかってるわよ、お馬鹿！」

最後の言葉は私に突き刺さった。それを言われると私に大ダメージである。皆の視線も私を向いていた。どうぞ、遠慮なく仰ってください。私がいることで、おつむの下限条件が物凄く下がっているということを！

胸を張って皆の視線を受け止めていたけれど、ほんの少しして、まるで合図でもあったかのように揃って逸らされた。最終的に残った視線はルーナとユアンのもので、二人は静かな微笑みで頷き、話し始めた皆に合流した。……その頷きの意味を、私は知らない――……けど、まあいいや！

簡単に組まれた机の上に大きな地図が広がり、その上に旗がぽんぽんと置かれていた。ルーナとエマさんはそれをじっと見る。それに習い、私も見た。うむ、現在地も分からない。

「ディナストがエルサムに立て籠もって何日経った？」

薬草が染み込んだ爪先で、とんっと地図が指される。成程、そこがエルサムでしたか。それで、私達は今どこにいますか？

「三週間だ」

答えたのはアリスだ。どうやら、この情報を伝令しに来たらしい。アリスとユアン自ら伝令で走り回っていたのは、腕が立つのと身軽なこと、そして私達を探してくれていたからだという。寒いのに、鼻の上真っ赤にして走り回ってくれていたのだ。色々と込み上げてくる思いを、凍傷防止効果のある火草に込めて鼻に塗ろうとしたら頬っぺたみょんみょんされた。

みょんみょんの感触が蘇ってきて、自分でむにむにして散らす。

「門が掌握されたのなら民はどうしている。中にどれだけ残っているんだ」

「三十万だ」

「人質三十万……でかいな」

「バクダンさえなければ、ディナストの手駒に数では圧倒的に勝っているんだが。兵糧は？　国庫内には飢饉に備えた備蓄があったはずだが」

「恐らくはひと月保たんとラヴァエル様は見ている。離反した奴らが相当盗みだしていったようだからな」

地図の隅っこで落ちかけていた紙を見てみると、どこかの街が描かれていた。でも、街というより一つの建物に見える。ぐるりと強固な壁に囲まれた下から、上にぐるぐると道やら家やらが連なり、頂上に宮殿があった。左上に走り書きされている文字を眉間に皺を寄せて解読する。

「え、る、さ、む」

「ん？」

「こちらの絵、エムサム？」

「ああ、それが我が祖国ガリザザが中心、皇都エルサムだ」

これがディナストのいる街。ガリザザの皇都。

モンブランみたいだと言ったら怒られるだろうか。

「そもそも、逃げだしてない奴らは、ディナストが戻ってくると分かってても逃げだせなかった奴らだろ。戦う気力はねぇだろうな」

このままではまずいと分かっていても、他に行き場所がなかった人達が残ってしまったのだ。そんな人達だ。閉ざされた門の中で、兵士と爆弾に囲まれてどうにかできる気力すら沸かないと、頭領さんは見ている。

三十万の人が並んだらどれくらいの長さになるのか、想像もできない。元々、ディナストの膝元でずっと抑圧されてきた人達だ。逆らう気力があったのなら、とうの昔にそうしていただろう。

「アリス、エルサムの周りは囲んでいるんだな？」

アリスの予備の剣を借りたルーナは、無意識にだろうけど剣の鞘を触っていた。ずっと剣を持っていた人だから、なかった間は随分違和感があったらしい。

「ああ、問題は人質と、どの国と部隊がディナストを討つかで少々揉めている。ガリザザは、大きくなりすぎたからな……だが、皇女である貴女が存命ならば話は変わる」

「私を掲げてもらうのが妥当ではある。だが、国を取り戻した後も、助力という形でかなり口を出されるだろうがなぁ。……まあ、甘んじて受けるしかあるまい。ガリザザはもう、国として立ち行くまい。制御する気もなく膨れすぎた。焼け野原と廃墟を放置しすぎだ、あの馬鹿は」

忌々しげに舌打ちしたエマさんが地図の外円をぐるりと撫でる。文字がバツ印で塗り潰されている場所ばかりだ。そこにはかつて、街があった。村があった。集落があった。人が住んでいた。だけど、今はもう何もない。きっとこの中に、アマリアさんやアニタの故郷があったのだ。

ディナストは何がしたかったのだろう。自分の首が締まっていくと分かっていて何もせず、グラースやブルドゥスにまで遠征して手を出して、統治者としての死期を早めた。

速度を上げて死んでいく。統治者としてのディナストも、ブルドゥスという国も。そして、それらが走り去った地に生きていた人達も。

「……あいつは、何がしたいんだ」

ぽつりと呟いたエマさんの声は、怒りや憎悪より、困惑が勝っているように思えた。

それにしても、結局私達はこの地図上でどこにいるんですか。

聞こうと顔を上げたら、全員が流れるように視線を逸らした。え？　そんなに聞いちゃ駄目な感じの質問ですか？

更に、誰一人喋らなくなった。さっきまであれだけわいわいしていた空間が急に静まりかえる。

質問する前からやらかしてしまった気配がひしひしと伝わってくる。黙りこくってしまった雰囲気に、びっくりして固まっていると、何だか外が騒がしいことに気がついた。

皆に遅れること十秒ほど、そちらへ意識を向けると同時に、シャルンさんと向こうに行ったはずのナクタが舞い戻ってきた。酷く慌てた様子で、転がるように駆け込んでくる。

「親父！　親父！」

「外じゃ頭領って呼べつっただろ！」

すわ親子喧嘩勃発かと思いきや、発生しかけた親子喧嘩はナクタの手によってぽいっと余所へ放り捨てられた。

「そんなのどうだっていいよ！　町民が群がってきやがるぞ！」

「なにぃ？」

確かに、全くそれどころではなかった。それどころもこれどころも、何がどうしてそんな事態に？

さっぱり分からない私が首を傾げている間に、皆が外に出ようとしている。その表情はきつく固まり、緊迫感が漂っていた。それまでも深刻そうだったが、今のこれは種類が違う深刻さだ。まるで、今ここに危機があるような、そんな顔だ。

私が一番入口に近かったから、外に出ようとする皆の邪魔にならないようさっさと幌から出た。

「馬鹿！　あんたは出ちゃ駄目よ！」

「え？」

外にいたシャルンさんが自分の外套を頭からかぶせる。なんだろうと思ったら、人の群れがぞろぞろと駆け寄ってきていた。そして、恐らく子どもの、甲高い声が響く。

「いた！　黒曜だ！」

目がいい。そして、この声を遠くにいるうちから聞き分けていたのなら、シャルンさんは耳がいいのだ。幌から飛び出してきたルーナに肩を抱かれて、ぐるりと背後に回される。一瞬で景色が変わった。慌てて振り向いたけれど、ルーナの背中しか見えない。

「何だぁ？　てめぇら、あれを止めろ！　それ以上近づけさせるな！」

頭領さんの怒声に従って、集団とこっちを割るように部下の人達が広がっていく。武器を持った人達を相手に集団は躊躇(ためら)って、少し手前で足を止めた。ルーナ達の背が、酷(ひど)く緊張している。恐らく、私だけが事態を把握できていない。何か怖いことが起ころうとしている。それも、私を名指しした何か。私に分かるのは、その事実だけだった。

「黒曜を渡せ！」

「あ？」

誰かが叫んだ言葉に、頭領さんが訝(いぶか)しげな声を上げる。私はルーナの背中から出て横に並んだ。ルーナの手が私を制そうとしたけれど、何故かすぐに引いていった。止めても無意味だと思ったのかもしれない。私が言うことを聞かないと思ったからか、それとももう、私が出ようが出まいが何も変わらないからだろうか。

物事は簡単に転がり落ちていく。崖から落ちるように、足を踏み外した階段のように、この世界で散々落下した全ての事象の如く。怖いことほど勢いよく、悲しいことほど唐突に。私はそれを、よく知っていた。そして今の雰囲気は、私がこの世界で経験した『落下』によく似ている。

誰かの口が、俵型に開いていくのが、やけにゆっくり見えた。

「ディナストが」

ルーナの手が私の耳を塞ぐ。だけどその声は、やけに、響いた。

「巡礼の滝に落ちた黒曜を見つけてくれればエルサムの民を解放すると、触れを出したんだ！」

一瞬で血の気が失せた私とは対極的に、隣の熱が膨れ上がる。不自然に髪が浮き上がるほどの激情がルーナを走り抜けた。

「カズキが生きていること自体が既に奇跡の領域だぞ！　貴様らは、実行不可能な難題を押し付けられただけだ！」

「だが、黒曜は生きているじゃないか！」

怒鳴ったアリスにたくさんの声が反論してくる。一人が言えばたくさんの同意が、別の誰かが同じ言葉を繰り返せばそれにもたくさんの同意が。

じりじりと集団の足が進み始めた時、彼らが割れた。列を割って出てきたのは、見たことがある鎧を着た集団だ。どこで見たのだろうと記憶を探る。そして、思い至ったのは唐突だった。

「黒曜、ディナストが貴様を伽に所望した。貴様らが齎した悪夢に嘆く我らが民を、よもや見捨てようとは言わぬな？」

ガリザザの、兵だ。

「下がれ、無礼者が。エルサムを出ているということは、既にディナストより離反した者どもであろう。それが、このエマアンペリースを前に、ディナストの命を優先するとでも申すか？」

酷く通る声で集まった視線にエマさんは怯まない。当然のものだと顎を上げ、胸を張る。

「お前達にとって私は、最早過去の亡霊だろうが、あいにくと奇跡の恩恵を受けて命を繋いだ。元十三皇女エマアンペリースと名乗れば、七年前に死んだ皇族であろうが思い出せるか？」

「…………本物であると証明できるものがなければ、聞けぬ話だ」

「ディナストに問うて来ればよかろう？　エルサムの門を開き、宮殿の頂点にいるであろう愚弟に向かって、あの女は貴様の姉か、と」

ちらりとエマさんが視線を流してきた。なんだろうと辿った視線の先には、枷を外されたツバキがいた。ツバキを見た瞬間、ガリザザ兵の顔が憤怒に染まる。

「ディナストの犬が！」

「俺の主は、十年前からずっとこの御二方だ。一度たりとも主を変えたことはない。俺がエマアンペリース様にお仕えしていたことは、周知の事実だと思っていたが？」

この距離で歯噛みが聞こえてきそうだ。

エマさんが場を収めてくれそうだと、少し肩の力が抜けた。けれど、すぐに駄目だと気づく。だってルーナやアリス達の緊張が全く解けていない。エマさんの視線が、ガリザザ兵ではなく、その後ろの民衆から離れていない。ガリザザ兵までもが、自分達の後ろに連なる彼らをしきりに気にしていた。沢山の人間が息を吸う音が聞こえる。

「皇族ならば、エルサムの民を救え！」

「俺達の家族を救え！」

「ディナストの暴挙を許した責任を取れ！」

「お前達の所為だろう！」

「皇族としての責務を、エルサムの民を救うことで果たせ！」

一気に吐き出された声が広がっていく。いつの間にか視界を埋め尽くすほどの人が集まっていた。それだけの人がいて、誰かが統率しているわけではないし、練習したわけでもないだろうに、人々の声は揃っていた。言葉を叫び出す動きも、表情でさえも皆、判を押したように一律で。何故だか急に、ローラー状のスタンプを思い出した。憤怒の色を乗せた顔を描いたスタンプを、沢山の人が写っている写真の上で転がしたような。

グラースとブルドゥスは、長い間戦争をしていた。長い長い間、同じになるものかと、勝敗という確実な違いを作り出そうと沢山の人から時間を奪った。命を奪った。それまではきっとあった『日常』を奪い去ってまで、違いを求め続けた。同じ国の中でさえ纏まらず、違い続けた。

それなのに今、地上を覆うほどの人が同じになっている。同じ言葉を、同じ感情で、同じ表情で、同じように叫び続けている。それは酷く恐ろしいはずなのに、何だかとても奇妙に見えて、感情が追いつかない。

「これだけの熱意をディナストに向けていれば、ここまで事態を悪化させなかっただろうにな」

「一言一句違わず同意いたします」

ぽつりと落とされたエマさんの呟きに、さっきまで横柄な態度を取っていたガリザザ兵が、憤怒

の歯噛みを悔しげなものへと変えている。

「……貴女様がエマアンペリース様であるとは、一目で存じ上げました。ですが、お言葉に従うことはできませぬ。黒曜を、お渡しください」

「聞けぬ」

「ここで、黒曜と心中なさるおつもりか！」

「民の暴動も抑えられず、友を売るような皇帝に、お前は仕えたいのか」

わあわあとたくさんの声が反響する。羽虫のように小刻みに音が揺れるのに、音が多すぎてまるで世界が喚いているようだ。

なのに、そのどの声より、先頭の兵士の声こそが悲鳴のようだった。

「貴女は賢い方だった！　ならば、私などより余程理解されているはずだ！　長年弾圧されてきた抑止が揺らぐいま、噴出した狂乱を押さえる術は目の前の問題の、目に見える解決だけです！」

「聞けぬ！」

「エマアンペリース様！」

決裂が誰の眼にも見てとれた瞬間、兵士の後方が爆発した。爆弾なんてないはずなのに、何かが弾け飛んだ。それは、人の理性だったのかもしれない。

仲間であるはずの人を薙ぎ倒し、手も貸さずに踏みつける。そうした人の波が、津波のように雪崩れ落ちてきた。見開かれてぎらぎらとした瞳が私を見つけ、筋が切れそうなほど開かれた掌が私に伸ばされる。

「逃げろ！」

たくさんの声が重なった。たくさんの手が重なった。

だけど、そのどれもがぶれる。私の身体が、ルーナに担ぎ上げられたのだ。お腹がルーナの後頭部に当たり、手足はルーナの胸元で纏められている。ルーナは、私の手足を纏めた手とは逆の手で剣を抜き放ち、伸びてきた手を薙ぎ払った。

赤が散る。かつてルーナが流したものより余程少ないはずなのに、それは鮮やかに視界へ焼きついた。耳を劈く悲鳴が響き渡る。

「触るな」

聞いたことがない声で、ルーナが言う。

「誰も、カズキに触れるな」

雪が降る灰色の世界の中で、恐ろしい熱を纏った瞳が人々を見ていた。

ルーナの周りだけ燃えているみたいに熱い。不自然に毛が逆立っている。熱いのか寒いのか分からない鳥肌が立ち、息がしにくい。

「世界の為にカズキを贄にするというのなら、俺に殺される覚悟あってのことだろうな」

誰も一歩も動けない。さっきまであれほど噴出していた人々の熱が、全てルーナに移ってしまったみたいに静まり返る。

「そいつを、渡せ」

それでも、震える声が上がった。一つの声をきっかけに、ぱらぱらと同意が続く。もう一声続けばきっと熱が戻るところで、ルーナの冷たい声が切り裂いた。

「何故」

「そいつの所為でどれだけ死んだ！」

「大陸の長年の信仰だと聞いていたが、巡礼の滝とは、無意味なもののようだな」

神様へ罪を問いにいき、生きていれば無罪。私がそれを大々的に掲げることはできない。

でも、そうだ。それは彼らが掲げていたもののはずだった。それを思い出したのか、人々が怯んだ。けれどすぐにぐっと何かを堪(こら)えるように踏みとどまった。下がりかけていた足と熱が、停滞する。

「そ、それでも、生きているのなら、贖(あがな)うのが筋だろう！」

再度噴出しかけた熱を吹き飛ばすような激情が、私を担いでいる人から噴き出した。

「ならばお前達はカズキにどう贖うつもりだ！　皆で口に出せば己に責任がないとでも言うつもりか！」

私に向けて怒鳴ったわけじゃないのに、身体の中から震える声が駆け抜けていく。

ルーナが、激怒している。本当なら私が感じなければならない感情かもしれない。なのに、感情がうまく動かない。脅えればいいのか、怒ればいいのか、悲しめばいいのか。分からない。心が止まっている。何かの感情が大きすぎて、飽和してしまったのかもしれない。

いま確かなものは、私を担ぎ上げたルーナの体温だけだった。

「そいつらがこの世界にあんなものを持ち込んだんだ！　その責任は取るべきだろう！　あれの所為でエルサムの民は捕えられているのだぞ！　ずっと、ずっと虐(しいた)げられてきた！　あれが弾けないよう息を殺し、死んだように生きてきたのは誰の所為だ！」

　血を吐くような叫びを上げた男の人の手に、ルーナの剣が突き刺さった。ひぃと悲鳴を上げたのは周りの人で、男の人は自分の身に何が起こったか分からずきょとんとしている。

　貫かれた自分の手と、ルーナの顔を交互に見て、じわじわと理解していく度に顔が歪んで呼吸が引き攣っていく。

「この剣はお前を害した。ならばお前は、この剣を打った職人に贖えと押しかけるのか」

「い、痛い」

「酔った人間に殴られれば、酒を造った人間を詰るのか。矢で射られれば、矢羽根の動物を恨むのか。薪で殴られれば、木を切った樵を憎むのか」

「たすけてくれっ」

「お前達が言っているのはそういうことだ！」

　引き抜いた剣を一振りして血を払ったルーナは、獣のように喉から唸り声を上げた。激情が強すぎて、言葉より先に感情が音として漏れ出ているのだ。

「カズキが潰されるくらいならと、一度はお前達の要望に付き合ってやった。だが、自らが掲げてきた神への信仰ですら目先の感情で蔑ろにすると言うのなら、ただ自らに都合のいい言い訳として使うのなら、俺は二度と、カズキを犠牲になどさせない」

　厚い雪雲が空を覆う。ルーナを失ったあの日みたいな灰色だ。その日は土砂降りだった。いまは雪が降る。そして、地上の熱で溶けていく。

「バクダンを使ったのは誰だ。その知識を奪ったのは誰だ。誰よりもそれを分かっていながら、お前達は糾弾の方向さえやさしい方へと逃げた。何の後ろ盾もなく異世界に放り出された二人の異界人になら強いるは容易だろう。何年も目の前でバクダンを振り撒いてきたディナストからは目を逸らし、何の武器も持たない女になら殴り掛かれるんだからな」

「罪は贖われるべきだろうが！」

膨れ上がった同意の声を、冷たい声が切り裂いた。

「同郷であるを同罪とするならば、まずはお前達がカズキに贖え」

「お、俺達が何をしたっていうんだ！」

「救わなかっただろう。異界から現れた男が『同郷』の男に害されていたのに、お前達は何もしなかった。『同郷』の人間が罪を犯したんだぞ。贖え。カズキに、ムラカミに贖え。この世界全員で、二人に贖え！」

足早に近寄るルーナから、人々は尻もちをついたまま逃げていく。その人々を声と同じくらい冷たい瞳が見回す。大多数を眺めていた時は、自分を見ろと言わんばかりに睨み付けてきたのに、ひたりと見据えられた人から視線を逸らしていく。そうして大多数の中に紛れようと潜っていく。潜りきれれば、頭の隙間からまた睨む。そうして何度も先頭が入れ替わる。入れ替わりながら、下がっていく。

「何もしなかった自分達の罪を押し付けてしまえば楽だろう。不都合全てバクダンの所為だと吐き捨てれば楽だろう。バクダンが悪い、バクダンの所為だ。だから自分は悪くない。全てバクダンが悪いんだ。バクダンが悪いから、バクダンの知識を奪われた異界人が悪いんだ。そのうち、賭け事で負けても、その辺で転んでも、バクダンが悪い、異界人が悪いと言い出しそうだな」

　視線が逸れ、睨み、逸れ、睨み。視線が暴れ回る。まるで世界が回っているように人々の視線は動き続けた。

「この世界を運用する為に、二人の異世界人をくべるか。無尽蔵に燃え続けるとでも思っているのか。その知識を捥ぎ取り、責任を押し付け、全ての言い訳に使って、それでも燃え続けられると思っているのか！　たった二人だ。その程度をくべた火で紡がれる世界など、すぐに燃え尽きるぞ。現に一人は燃え尽きた。それでもお前達はまだ分からないのか！」

　静まり返った空間で、ルーナの声だけが世界を制している。人々は呼吸さえ許されないというように、微かな音さえ発していない。

　だけど、ただ一人声を発した人がいた。最初にエマさんと話していたガリザザ兵だ。

「………そうさ、人は弱い。自分が弱者であることを強者に責める。弱者であることを責める癖に、弱者の権利は己だけのものでなければならない。弱者故の責任の放棄を声高々に叫び、弱者への配慮と優遇を、盾ではなく槍とする。弱さは権利じゃない、強さは罪じゃない。そんな簡単なことすら認められない、弱い人間ばかりだ。この国は変わらねばならぬ。だが、それには時間がいる。そして、国民が変わるためには、国が生きていなければならぬのだ！」

　風向きが変わり、妙な臭いが広がった。はっとなったルーナが誰よりも早く口元を覆ったけれど、もう遅い。力が入らなくなった膝をつく。それでも立ち上がろうとするルーナの前に兵士が立った。

その後ろでは、人々までもが倒れていく。

「……ここはガリザザ。香の大国と呼ばれた国だ。かつての栄光は見る影もなく廃れ落ちようと、ここは我らが固執すべき故郷なのだ。次代を、亡国の民にするわけには、いかぬ」

「き、さま」

「許せとは、言わぬ。…………すまない」

ぽつりと降った男の言葉を最後に、意識は霞に巻かれて何も見えなくなった。

◇

鍵のかかった部屋で一人椅子に座る。ここはエルサムに近い街の貴族の屋敷だ。明日には、エルサムについてしまう。

開かない窓から外を見続けて何時間経っただろう。移動し続けていた間も、窓は開かなかった。こうなってしまえば、馬車も屋敷も変わらない。景色が流れるか否か、ただそれだけの違いでしかない。

物音一つしない部屋に、こんこんとノックが響く。返事はしない。向こうも求めていない。何故なら、私には入室を求める権利も、拒む権利も用意されていないからだ。

だから、勝手に扉が開いて男が入ってきた。

「何か、ご要望はございませんか」

返事は返さない。だって、出して、ルーナに会わせてと散々叫んだのに叶えてくれなかったじゃないか。お茶もお菓子もドレスも要らない。ルーナに会わせて。

振り向きもしない私に、男は怒りもしなかった。

「アリスローク・アードルゲが面会を申し出ておりますが、如何致しましょう」

思わず振り向く。

「……会える？」

「一人だけでしたら」

「即座に会う」

「畏まりました。すぐにお連れ致します」

恭しく頭を下げて出て行った男は、言葉通りほとんど待たせることなくアリスを連れて戻ってきた。

「カズキ！」

「アリス！」

扉が開くと同時に駆け込んできたアリスに駆け寄る。お互い手を伸ばし、私はアリスの肘を掴み、アリスは私の肘を包んでいた。アリスを連れて来た男は一緒に部屋の中へ入り、扉の横に陣取っている。廊下にいる見張りはそのまま扉を閉めていく。それを待たず、叫ぶ。

「皆は如何している⁉」

「ルーナ以外はそれぞれの部屋で軟禁状態だ」

「ルーナは⁉」

「牢だ。香が切れた瞬間飛び起きて壁をぶち破った…………確かに開けたところで逃げられはしなかっただろうが、何故、扉や窓じゃなかったんだ」

……目の前にあったのが壁だったんじゃないでしょうか。

「何故にアリスがご存じ？　同室であった？」

「……ぶち破られた隣の部屋にいたが、冗談抜きで怖かったぞ」

それは怖いだろう。寧ろ怖くない人間がいるかどうか聞きたい。

一度会話が途切れ、沈黙が落ちる。それで分かった。ああ、駄目なんだと。

アリスは、出来ることがあればちゃんと教えてくれる。私が不安にならないよう、ちゃんと言ってくれる。大丈夫なら大丈夫と、私が出来ることがあればそれと一緒に、頑張れと言ってくれる。

でも、そのアリスが沈黙しているのは、駄目だからだ。アリスの誠実さが、絶望を告げる。

私が気付いたと、アリスも気付いた。何かを告げようとした唇が一度固く閉ざされ、再び開かれた。その間に飲みこまれた言葉を、私が聞くことはないのだろう。

「いいか、カズキ。何があっても、私達は決してお前を諦めない。必ずお前を救い出す。だからお前も、何があっても諦めないでくれ」

後頭部を包まれて胸に押し付けられる。アリスは私の身体を全部包んで、歯を食いしばった。

「……本当にお前を救いたいなら、ここで死なせてやるべきなのかもしれん。……だが、すまん。私には、出来んっ。酷だと分かっている！　だが頼む、頼むから、死だけは選ばないでくれ！　何があっても死ぬな！　生きていろ！」

　トギが何か、聞いたよ。アリスは酷い事を言う。死ぬなと、あの男の言い出した馬鹿馬鹿しい条件を受け入れろと、あの男を受け入れろと言う。

　アリスは酷い事を言う。

　アリスは、死なないでくれと。

　アリスは、生きていてくれと。

　友達として、当たり前のことを願ってくれる。

　だらりと身体の横に垂れていた手を緩慢に持ち上げ、アリスの背中を握り締めた。

「ルーナがいい」

「ああ」

「ルーナが好き」

「分かっている。知っているっ」

「ルーナでないと、いやだぁ！」

　酷い悪夢を、見ているようだ。

　こんな悪夢、さっさと貘にでも食べさせてしまいたい。でも、食べてくれる貘がいないから、世界中に悪夢が撒き散らかされた。

　いない貘に祈りを捧げて待ち続けられるほど、人は馬鹿ではない。悪夢を終わらせる夢を掲げ、世界は集った。爆弾は世界中で使われてその概念を撒き散らしたけれど、製法を知っている人間は数少ない。その人間はいま、皇都エルサムに集まっている。

世界にとって、悪夢発祥の地は私達で、悪夢の象徴はディナストだ。

だったら、もう、ここで終わりにしよう。いい加減、終わらせなければ。

目標を同じくして世界が集った。こうまでしても、いま終わらせられないというのなら、永遠に終わりなど訪れない。爆弾はこの世界にあってはならぬ、使用してはならない禍々しいものだという共通認識があるうちに排除できなければ、どちらにしろこの先何百年も脅かされ続けることになる。

もう手遅れだろうと、一度使用された兵器は二度と消えることはないのだと、誰もが分かっていた。けれど、それでも、消えてくれと、忘れてくれと、願いが集った場所は今ここで。人々がその願いを集約させたのは、『異界の人間』であり、自分達の手が届く場所にいた私なのだ。

瞑っていた眼を開く。固く固く瞑りすぎていて、開いた瞬間ちかちかした。

「…………アリス」

「…………何だ」

「お願いが、あるよ」

「お願い？」

そっと身体を離したアリスを見上げて笑う。ふざけた悪戯っ子みたいに笑いたかったけど、歪になっていないだろうか。

「ルーナに、会いたい」

「……心中するつもりか？」

「珍獣ではないよ」

「……心中だ」

「珍獣？」

　こんな時に知らない単語はちょっと困る。外に聞かれないようひそひそと内緒話をしている距離で、珍獣珍獣連呼していたらアリスが説明を諦めた。つまり、あまりいい意味の単語ではないのだろう。

「それで、どうしたいんだ？」

　珍獣で勢いが削がれた状態で、改めて聞かれると凄まじく言いづらい。でも言う。

　ぼそぼそと伝えると、アリスはちょっと目を瞠った後、静かに伏せた。

「アリス？」

「……いや。何でもない。親友からの初めての頼みごとが、まさかこの手の話だとは思いもよらなかっただけだ」

「わ、私も、このような事態でなくば、人様にお頼みごとする事態に陥るなどと、思いもよらなかったよ！」

　熱がぶばっと首から頬に弾ける。向かい合っていたアリスの頬にも飛び火した。貰い事故である。

「照れるな！　つられるだろうが！」

「わ、私とて恥で死亡致しそうであるに、殺生な――！」

「なんかすまん！」

「こちらこそ申し訳ございません！」

真っ赤な顔で謝り合っていたら、さっきまで無表情で部屋に出入りしていた男の人が、疑問符満載の顔をしていた。無表情崩したり。その代わり、私とアリスの平常心も崩れ去る羽目になった。

◇

床も壁も石で組まれた建物は、歩くたびに音が奥へ奥へと伝わっていく。

以前もこんな場所にいたことがある。あの時は一人で凄く怖かったけれど、冬じゃなかったからここまで寒くはなかった。まるで氷の中を歩いているみたいに寒くて寂しい場所を進む。ここは貴族とはいえ個人のお屋敷なので、そんなに広くない牢屋の中、すぐに目的の場所に辿りつけた。

暗い檻の奥で、微動だにせず座っている人を見つけて、ぱっと顔が綻ぶ。

「ルーナ」

珍しく気付かなかったのか、呼んで初めてルーナが反応を見せた。飛び跳ねるように立ち上がり、こっちに駆け寄ってくる。鉄格子越しに伸ばして手を繋ぐ。

「ルーナ、私、ムラカミさんに会うしてくるよ」

「カズキ」

「エマさんより先頭で入出すらば、怒られるかな？」

「カズキ！」

怒声が割れんばかりに響いて口を噤む。反響していく、言葉だったルーナの声はただの音となり駆け抜けていく。

噤んだ口は、ルーナの音が消え去る前に開いた。

「ルーナ、こちらに、鍵があるよ」

反対の手で握りしめていた鍵を揺らすと、ルーナの目が見開かれた。寒さとそれ以外の理由で、鍵がかちかちと震える。震えを取り繕ったりしない。そんな気力を使うくらいなら、全部ルーナに向けていたい。

「ルーナが、無理無謀を行わないならば、開けるよ」

「……無理だと、誰が決めた」

「ねえ、ルーナ。私、いま助けてほしいんじゃないよ」

嘘だ。助けて。嫌だよ。助けて。

ごめんね、ルーナ。嘘ついた。ルーナが嘘だって気付くような、へたくそな嘘をついちゃったよ。

だから、出来るだけ嘘を減らそう。

溢れ出る涙を堪えもせず、縋りつく。

「助けて」

「鍵を、渡せ！」

唸り声を上げるルーナの手を、鍵を握っている手も合わせて両方で握る。鍵を掬ぎ取ろうとしたルーナを呼ぶ。

［ルーナ］

「頼む、鍵を渡してくれ！」

ルーナは力持ちだ。とてもとても力持ちだ。それなのに、私が全力で握った拳を開けないでいる。私が力を抜かない以上、無理矢理開かせれば私の指が折れてしまうからだ。折ってしまえば簡単なのに。力尽くで奪ってしまえばあっという間だ。ルーナにはそれが出来る。簡単に、恐らくは息をするよりあっさりと。けれどルーナの手は私に傷一つつけない。爪を当てることすら躊躇するように触れる。ずっと、ずっとだ。

必死の形相で鍵を奪い取ろうとしているのに、私を傷つけない優しいルーナが、好きで。本当に本当に好きで。ずっと好きで。ずっと、昔も今もこれからも。一生、毎秒、大好きで。

だから。

［お願い］

「カズキ！」

お願い、ルーナ。

［助けに、来て］

鍵が滑り落ちて石の上で跳ねる。

ルーナは、身体を支えていられないのか、ずるずると座り込んでいく。その手に、格子の隙間から伸ばして回収した鍵を握らせる。

［ねえ、ルーナ］

返事はない。構わず続ける。だって、時間が勿体(もったい)ないよ、ルーナ。

私はルーナの手を握って、自分にできる精一杯の誘い文句を発動した。

「十年前の続きを、しませんか」

「…………は？」

冷たい牢の中に、ルーナの間抜けな声が響いた。

◇

「こちらでお待ちください」

案内兼見張りの人が、頭を下げて静かに扉を閉めた。

扉の前で、一人ぽつんと立ち尽くす。

花びらが浮かぶ甘い匂いのするお風呂を出たら、花びらが撒き散らされた部屋に通された。蝋燭(ろうそく)の上には曇りガラスみたいなカバーがつけられていて光はやけに柔らかいし、私が着ている寝間着も柔らかい。

それらを眺めて、私は静かに目を閉じた。

無性に恥ずかしい！

こんなセッティング要らない。勢いでぐあーっとそんな雰囲気になったあの日のようならまだよかったのに、こんな、さあどうぞ！　みたいなセッティング要らない！

恥ずかしい！　恥ずか死ねる！　恥ずかしいから寝る！　恥ずか死寝る！

部屋の中心でどどんと存在感を主張しているベッドもあることだし、本当に寝てしまおうか。

そこまでぐるぐる考えて、すぐに首を振る。駄目だ。それだと何の為に恥ずかしい思いに耐えてまでルーナを誘惑したのか分からない。ここでドタキャンしたら、一生後悔する。神様による強制ドタキャンでも物凄く、色んな意味で苦悩した。自分の意思でドタキャンしたらアイキャンフライしたくなるかもしれない。

改めて覚悟を決め直し、両拳を握りしめ決意したのはいいけれど、ここで問題が一つ。

私はどうしているべきだろう。ベッドの上で正座？　やる気あり過ぎる。ベッドの下で貞子さん？　こういう場面で別の女性に成りきるのはよくない気がする。床で土下座？　ある意味これが一番正解な気が。

ベッドに座るのもなんだか躊躇われて、壁に凭れて直に床へ座る。なんとなく窓の下に座ったら、凭れた壁が冷たくて、風呂上がりの熱が一気に奪われていく。寒すぎて、お尻を引きずって横にずれていく。立ち上がらなかったのに理由はない。強いていうなら怠惰である。

暖炉の火はとても小さくて、部屋の中は深々と冷え込んでいる。寒くない位置まで移動して、ようやく一息ついた。

一人で部屋にいる間に私なりにいろいろ考えたことをアリスに伝えてみたら、もう、この馬鹿誰か何とかしてくれという目で見られた。でも用意してくれるらしい。ありがとう、アリス。凄く頼みづらい内容でごめんんね。

私的には名案のつもりなんだけど、名案であろうが妙な案であろうが、どっちにしてもルーナにも話しておきたい。それは事に及ぶ前に話すべきか否か。ムードって大事だけど、明日の話し合いも凄く大事だ。後で話し忘れても困るし、やっぱり先に話そう。

そう決意した時、ノックが響いた。

「はい、どんぞ」

噛んだ。

扉が開いて、いつもの無表情の男の人が入ってくる。そして、ぎょっとして部屋の中を見回した。

「い、いない⁉　いや、確かに返事が！」

「いる。どけ」

「だが！」

「……お前、部屋の中で見ているつもりか？　そこまで無粋だと、いっそ酔狂だと笑うぞ」

男の人はぐっと詰まって、もう一度部屋の中を見回す。ここにいますよと手を振ったら、再度ぎょっとされる。しかしすぐに表情を取り繕い、失礼しますと頭を下げて出て行った。

ルーナは無造作に花を踏みながら歩いてくる。まあ、これだけ敷き詰められていたら避けるのも一苦労だ。私のように頑張って爪先立ちでぴょこぴょこ進み、バランスを崩して盛大に踏んづけた上に顔面から転ぶ必要も別にない。

一際派手に花びらが乱れている場所を見てふっと表情を崩したルーナには、全てばれているような気がする。

「気分が悪いか？」

「何事が？」

ひょいっと覗き込んできたルーナに首を傾げて、自分の待機場所が悪かったとようやく気付いた。壁とベッドの隙間に体育座りしてたら、そりゃあ驚かれるだろう。単に窓側の壁に凭れたら寒かっただけです。すみません。

「冷えるぞ」

伸ばされた手にお礼を言って立ち上がる。そのままますとんっとベッドに誘導されて、隣にルーナが座った。ルーナの体重でベッドが揺れた瞬間、いきなりとんでもなく恥ずかしくなる。最近ずっと抱き合って眠っているのに、まるで初めて抱きしめ合った日のようだ。

「あ、あの、ルーナ！」

「……ああ」

「私なりに色々と考えたんだけどディナストは別に私が好きでも何でもなくてただ私で遊びたいだけだと思うからこっちからゲームを提案してルーナ達が来てくれるまで逃げまくろうと思うんだけどやっぱり甘いかなでも結構いける気がするんですよちょっとしか話してないけど自分が楽しめると思ったことには乗ってくるタイプな気がしてだから色々考えてアリスちゃんに話したらお前馬鹿だなって目をされてついでにお前馬鹿だなって言われたんだけど用意してくれるって言ってくれたから明日はその装備で挑もうと思って」

「カズキ」

「ちょっと動きにくいけど備えあれば憂いなしって言葉が日本にはあってね大は小を兼ねるっていうのもあるけどこの場合の大って何だろうって考えて結局分からなかったから数で押してみようって思ってそれで」

「カズキ」

静かな声が私を呼ぶ。剣を握って硬くなった掌が触れたとは思えないほど柔らかく、頬に触れる。

「泣いていいよ」

指先が頬を滑って目尻を撫でていく。

ルーナは、ずるい。

堪えているのを分かっていて、そう言うのだ。だからこれは、ずるいじゃなくて酷いのかもしれない。

ルーナは酷い。好きな人の前では綺麗に、は、なれないけど、せめて普通の人の顔をしていたいという乙女心を放り投げる。乙女心と私の顔をぐしゃぐしゃにしてしまう。ああ、なんて酷いのだろう。酷い。酷過ぎる。ルーナは酷い。

酷く、優しい。

お風呂から出てそんなに経っていないのに、歯の根がかちかちと鳴るくらい寒い。寒くて寒くて。

この震えが寒さだと、思っていたかったのに。

震える私の手を握り、ルーナはもう一度私の名前を呼んだ。

「こ、怖い」

「……うん」

「行きたく、ない」

「……俺も、行かせたくないよ」

ぐちゃぐちゃになった顔を隠すことも出来ない。

「こんなの、いやだぁ……！」

嫌だ。こんなの嫌だ。

なんで無いの。なんで、こんなことしなくていい方法が無いの。行かなくていい方法があるなら何でもするよ。

私が逃げても自害しても、エマさん以外を殺すって言われない方法があるなら。

何でも、するのに。

ディナストに引き渡されたくなくて探した方法が、ディナストに引き渡されるという結論に辿りつくってどういうことなんだ。

そう叫びたかった。でも、誰に言えるのだ。国を守るために私を犠牲にするともう決めているガリザザ兵に言う？ 何の為に？ 今の今まで、ルーナに会いたいという願いすら叶えてくれなかった彼らにそれを言って、それで、何になる。そんな事を言って解放してくれるくらいなら、最初から私を捕まえにはこないのに。

初めて会った『バクダンの元凶』である私と、彼らの故郷とその民を引き換えにするわけがないではないか。分かっている。分かっている。分かっているから、分かりすぎるほど分かっているか

ら、苦しいのだ。

ただ椅子に座って悶々としていただけの私より余程憔悴していたアリスちゃんに言う？　何か手がないかと考えて考えて、そうして見つけられなかった希望に、私より打ちのめされたアリスちゃんに何を。死が救いだと思わせてしまうほど、これから私に起こるであろう苦痛で追いつめたアリスに縋りついてしまった上に、これ以上どうするの。縋っても、嘆いても、優しい人を切り裂くだけじゃないか。

頭のいい人は、私が考える何百倍もの恐ろしいことを分かっている。私が想像するより何百通りもの苦痛を想像できる。それはルーナも同じだ。そんな人達が必死に考えてくれて尚、希望が見出せなかったというのなら、もう、私にできるのは頑張ることしかないじゃないか。泣いたって、ルーナを苦しめるだけで何の解決にもならないじゃないか。だから頑張ろう。考えもつかないことは考えつかなくていい。いざ行ってみれば意外と何とかなるかもと、馬鹿な希望に支えられ、頑張ればいいのだと、思っていようと、思ったのに。

なのに、ルーナは泣かせてくるから酷い。

嫌だよ、ルーナ。時間が勿体ないよ。どんなに恐ろしくても、嫌でも、気持ち悪くて吐きそうでも行かなきゃならないなら、せめて今くらい楽しく過ごそうよ。優しく幸せな時間を過ごそうよ。

「俺はお前に泣いてほしいとずっと思っていたけど、泣かせたいわけじゃないんだ………なんで、世界はお前に厳しいんだろうな。なんでこの世界の人間は、無尽蔵にお前達に甘えていけると思うんだろうな」

　ああ、でも、ルーナが言いたいことを言えなくなるのは嫌だな。私はルーナ達に言いたくないけど、皆の言葉を聞きたくないわけじゃないんだよ。というか、もう、どうすればいいのか分からない。何が正しいのか何が正しくないのか。誰が悪くて誰が泣いて、何が酷くて何が悲しいのか。

　悲しみ方も、怖がり方も、よく分からなくなっちゃった。それなのに、涙は止まらないから不思議だ。

　手を握られているから顔を覆うこともできない。ぐちゃぐちゃになった顔を見られたくなくて俯いたまま、唇を噛み締める。

「カズキ、お前には想像つかないかもしれないけど、世界には、死にたくなるだけじゃなくて、女に生まれたことや、生きていることを後悔させるような方法がたくさんある。……俺はもう、お前を失いたくはないよ。壊されるのは、嫌だよ。どんな意味でも、失いたくは、ない、のに」

　両手を握っていた手に肩を押されて後ろに倒れ込む。柔らかいベッドは私の身体を跳ねさせはせず、沈みこませるだけだった。でも、その感触を楽しむことはできない。

　ルーナの手は、私の首に回っていた。

　まだ触れているだけなのに、もう息ができないほど苦しいのは、首を絞めるその人のほうがよほど苦しそうな顔をしているからだ。

　十年。十年だ。十年私を消さずに抱えてくれていた人が、何かを諦めようとしたとき、こんな顔をするのか。

「痛いんだ、カズキ。お前がくれた人間の心が、苦しいんだ。こんなに苦しいなら、いっそ人形兵器と呼ばれていたままだったら良かったと、思うほどに」

ルーナは、もう人形だなんて呼べるはずもない瞳を、苦しげに歪めた。

「俺が人形兵器でいられたのは、無くすものがなかったからだ。失うことを恐れるものがなければ何だって出来る。明日も命もいらないなら大抵の無茶は出来る。だけど、お前が心をくれた。お前が俺を人間にした」

「ルー、ナ」

徐々に力が篭もっていく腕が、恐ろしいとは思えない。ただ、悲しい。悲しくて、苦しくて、恋しい。

「痛いんだ、カズキ。お前を失うくらいなら、壊されるくらいなら、いっそここで一緒に死にたいと思ってしまうくらい、痛いよ、カズキ」

殺されるわけにはいかない。死んだら、アリス達が殺される。でも、ルーナの腕を振り払うことができない。怖くはないのだ。いっそそのほうが幸せじゃないかと、思ってしまう。怖いなら、痛いなら、苦しいなら、終わったほうがましなんじゃないかと。そうしたら、もう、何も恐れるものはないのだ。明日なんて、来なければいい。

ここで途絶えてしまえば、ずっと、ずっと、この夜の中にいられるのだ。

そう思うのに、それでも。

ルーナ。

それでも私は。

私の首にかかったルーナの腕の肉が盛り上がり、腕の筋が浮かび上がる様が目に見えるほどの力が篭もる。

それでも、私の呼吸は止まらない。

ぱたりと、雨が降る。

ぱたりぱたりと、頬に雨が降ってくる。

水色から溢れだした雫(しずく)は、水晶よりも美しかった。

「なのに俺は、お前を知らずに生きていきたかったとは、どうしても、思えないんだ」

腕の力はルーナの中で止まり、私にまで届かない。どこまで、この人は一体どこまで優しいのか。

身体の横に投げ出していた腕を持ち上げ、硬く強張(こわば)る腕に触れる。

[ルーナ、私、死にたくない]

二人分の涙で溺(おぼ)れそうだ。

[約束、したんだよ。リリィと、アリスと、皆に。死なないって。絶対、生きて、帰るって約束して、だから、諦めたく、ない。私、行ってきますって言ったんだよ。ばいばいじゃなくて、行ってきますって。だから、さよならしてないから、ただいまって、帰るんだよ]

ルーナの涙と私の涙が混ざり合い、頬を伝い落ちていく。

[ルーナ、私、生きていたいよ。ルーナと、生きていきたいよ。その可能性が少しでも残ってるなら、それに、縋りたい。ルーナ、私、生きて、ルーナと、ルーナ、とっ……]

自分でも何が言いたかったか分からないただの感情の羅列を、ルーナは、重ねた唇の中に全部飲み込んでしまった。

暖炉の火が小さかった理由がようやく分かった。

熱くて熱くて、溶けてしまいそうだ。

触れる場所も吐き出す息も、吸いこむ空気も、全部が熱い。

「……これが十年前の続きなら、お前は消えてくれるのか」

「やだ、なぁ、ルーナ。人間は、そう簡単には消えないよ」

「瞬きの間に消えた奴が何を言う」

「私も、瞬きの間にルーナが消えて凄まじく驚いた！」

ルーナが天井になって、そりゃあもう、心底驚いたものだ。

その時の気持ちを思い出し、状況も忘れて握り拳で力説すれば、噴き出して笑ったルーナの汗が降ってくる。

「……そうか、お前からすれば、消えたのは俺か」

小さく笑って降りてきた唇を重ねて、私達は夜を生きた。

夜は、痛くて苦しくてつらくて悲しくて。愛しくて恋しくて幸せで。

明けない夜はないのだというフレーズが、これほど恨めしいものだったとは知らなかった。

三十七章　世界でただ一人のあなた

人質十五万人の解放と引き換えに私が中に入って、その後の十五万人が解放という流れになっているそうだ。後の十五万人が解放されないんじゃないかという話もあったけど、必ず解放されるだろうと見る人のほうが多かった。ディナストは、良くも悪くも提示した条件は守るのだ。私もそう思う。その理由は、大変最低なものだったが。

人質がいなくなったと同時に、連合軍が攻め入る。普通、籠城している相手を落とすには三倍以上の戦力がいると聞く。ディナストについている兵士は少ないから、三倍くらいは余裕でいると思う。それでも、どこも今までの戦いで戦力を削られた後だから、負傷兵が多い。

バクダンだって、どれくらい残っているのか把握できていない。もうそんなに無いのではという意見と、ディナストのことだから大量に所持しているのではとの意見が、どちらも同じだけの説得力を持って浮いてしまっている。

今まで落とされたことのないエルサムは、堅城と呼ばれる都だ。ぐるぐる回るモンブランのような地形の上にある宮殿までの道のりは、ただでさえ罠が仕掛けやすいのに、そこに爆弾が加わったらさらに時間がかかるのは私でも分かる。

それでも、何の価値もない私と人質三十万を引き換えにするような馬鹿がディナストだ。私が一人いたところで盾にもならない。現に、人質を解放し終えたら連合軍はエルサムを落としにかかるのだし、ディナストだってそれは分かっているはずだ。でも、虎の子で命綱のはずの三十万を解放する。

私で、遊ぶために。

馬鹿げている。誰だって、そんな馬鹿なことするはずがないと思うだろう。いくら私だって、それくらい分かる。でも、ディナストならやる。何もかも不明な点が多い中、それだけは確信できた。ディナストはそういう類いの馬鹿だと言い切れる。これが信頼というものだ。彼の異常性へのだが。

そして、だから、それに賭ける。

甘いのだろう。世間知らずの馬鹿娘の浅知恵だろう。それでも、何もせずに諦めるのは嫌だ。考えるのは止めない。抗うのは、止めない。最後まで何も諦めずにいようと決めていた。

だって、帰りたい場所がある。叶えたい約束がある。

その為なら、どれだけ無様でも足掻いてもがいて、ぐちゃぐちゃのぶさいくになっても鼻水啜って頑張るのだ。そんなでろでろの泣き顔を晒しても、絶対嗤ったりしない人達を知っている。私がどれだけぼろぼろでも、絶対に振り払わない人達が、私の無事を願ってくれるのだ。諦める理由は、どこにもない。

私の渾身の作戦を聞いたルーナは呆れながらも手伝ってくれた。最後に寒くないよう外套を巻いてもらって完成だ。ガリザザ兵によると、着飾る用意もされていたらしい。でも、なんでディナストに会いに行くのに着飾らなければならないのか、三十文字以内で説明してほしい。それ以上だと、馬鹿には理解できません。

飾りは要らない。だって、胸元に二本、耳元に一つ。いつでも揺れてくれるお守りがあるのだ。

「剣は、どうするの？」

両目を腫らしたユアンが、短剣を両手で抱えている。恭しく掲げるというより、握りしめるのを必死に堪えているように見えた。へらりと笑って、首を振る。

「所持してはいかないよ」

「でも、やっぱり持っていったほうがいいよ！　剣がないと、身を守れないじゃないか！」

「だって私、扱えぬもの」

剣を扱えない私は、剣を持っていたほうがきっと危険になるだろう。誰かの剣を受け止めることも、弾き返すことも出来ないのに、武器を持っているという事実が相手を警戒させて手加減を躊躇わせる。

使えない武器では戦えない。

私は私の武器で行くしかない。無知は、たった一回しか使えない武器だ。一度知ってしまえば二度と無知には戻れない。

無知だからやれる馬鹿がある。無知だから乗れる調子がある。

玩具（おもちゃ）になれというのなら、剣より無知を携えていく。

アリスは何も言わず私の前に立った。昨日の今日だから、ちょっと向かい合いづらい。照れを貫い事故させてごめんね、アリスちゃん。

「おい、たわけ」

「突然のたわけを頂戴致しました！」

何故⁉

もう立っているだけでたわけオーラを放出するほどの領域に達したとでもいうのだろうか。

そんなことを思っていた視界がアリスちゃんの胸で埋まる。深く抱きしめられて、思わず抱き返す。

「何時如何なる時も、お前は私の親友であり、私はお前の親友だ。何があろうと、それを忘れるな。お前がどれだけたわけで鳥頭で救いようのない馬鹿であろうがだ！」

「了解よ！　私はたわけでとる頭で救いようのなき馬鹿であるよ！」

「そこではないわ、この、たわけ――――！」

頬っぺたみょんみょんがくるかと思いきや、変化球でひょっとこだった。

飽きさせず予測をさせない攻撃。流石アリスちゃん！　アードルゲ唯一の男子！

「カズキ」

振り向けば、ツバキを伴ったエマさんが入ってきた。

「エマさん凄まじくお綺麗よ！」

正装なのだろうか。何枚も布を重ねているのに、肩とかは透けていて、ちょっと寒そうだ。アラビアン！　インド⁉　なんかそんな感じ！

でもこの格好、たぶん男性用だ。だから、可愛いよりかっこいい。どちらにせよ素敵だ。

エマさんが動くたびにちゃりちゃりしゃりしゃり音がする。目の前で止まったエマさんが拳を握りしめた。その手に包帯が巻かれていて首を傾げる。

「………今は、謝らん」

「宜しいと思うよ？」

そもそもエマさんは止めようとしてくれたのだから、今でも後でも謝らなくて別にいいと思いますよ！

「……私が自国の兵すら掌握できない結果を、この無様な血統を、別にいいよとイツキみたいに許されるわけにはいかんからな。…………いいわけがあるか！」

私はイツキさんではありませんが、なんかすみません！　別にいいですよと言わなくてよかった！　言ってなくても怒られたけど！

でも言わなくて良かったと安堵していたら、エマさんは真顔で私の顔を指差した。

「顔に書いてある」

消して頂けると嬉しいです。

ごしごし顔を擦っている私を、エマさんが抱きしめた。

「必ず迎えに行く」

「再度のお越しを、おもち申し上げていりますよ！　更にエマさん、手の負傷は如何した？」

「え？　ああ、えーと」

彷徨った答えをツバキが引き取る。

「あんたの所に行こうとされて、塞がれた窓をこじ開け、爪を剥いでしまわれたんだ」

「エマさーん⁉」

「刺繍然り、裁縫然り、芋の皮むき然り、細かい作業は苦手なんだ！」

窓をこじ開ける作業は細かい部類に入るのだろうか。ルーナは壁をぶち破った訳だけど、みんな頭いいのにわりと力尽くである。出してと言っても聞いてくれなかったんだろうなぁと私でも分かった。ルーナは言う前にぶち破ったけど。

「エルサムへは俺とあんたが入る」

「ツバキも？」

「俺は、居所を知らせず長く離れているわけにはいかねぇんだ。その場合、イツキ様が殺される」

「おおごとよ」

「ほんとにな」

そうか、一人じゃないのか。嬉しいのかと問われると、手放しで喜べる人選ではないけれど、まあ、一人よりは。

そろそろ時間だと言われて外に出る。

外には、見たことのない数の人間がいた。

モンブランみたいな街を囲んだ、違う鎧を着た人達。街から生気のない顔でぞろぞろ吐き出されてくる人達。それらを歓声を上げて迎える人達。

いいなぁ。私もあっち側がいいなぁと、この期に及んでまだ思う。上で決まったことに左右されて、なんとなくいつの間にか助かってるほうが、どれだけいいか。

そんなずるいことを考えて、ルーナと手を繋いでガリザザ兵の間を歩きだす。人々の顔はそれぞれだ。無表情の人、目を伏せる人。憎悪や怒りを映した人があまりいなくて意外だった。

結構遠い場所に、見慣れた鎧が並んでいるのが見える。遠いから確実にそうだとはいえないけれど、あれはルーヴァルだ。もっと近づけば、もしかすると見知った人を見つけられるかもしれないけど、あいにく目指す先はモンブランだ。モンブラン食べたい。

ガリザザ兵の間を黙々と歩いていると、酷く不思議そうなナクタが頭領さんとシャルンさんに挟まれている前を通った。

「なあ、カズキ、どこいくんだ？　そっちじゃねぇだろ？　なあ、おかしくねぇか？　なんで？　お前ら何でなんにも言わねぇんだ？　なあ、こんなの、おかしいんじゃねぇのか？　なあ、親父、シャルン、なんで？　人の所為にするなって、大人がおれらに教えてるんじゃねぇのかよ。なのに、なんで？　なんでこいつら、全部カズキの所為みたいにしてるんだよ。なんで、それなのになんで、てめぇが傷ついたみたいな顔してるんだよ⁉」

いろんな感情が渦を巻く。誰かの弱さが、誰かの強さが、全部混ざって混沌とした雰囲気が出来上がった。こうなると分かっていた人も、なんでこうなったのか分からない人も、感情を制御できず叩きつけるだけの人も、全部放り出して逃げた人も、何も放り出せず立ち止まった人も、憎まれる人も、憎まれ役を引き受けた人も、こうならないよう努力していた人も、こうなるよう走っていた人も、誰かに愛される人も、誰かを愛す人も。

その全てを合わせて、世界と呼ぶ。

この世界は、強制的に進化させられてしまった。

本来なら、誰かが概念を思いつき、それを現実に出来るか思い浮かべ、実際に試して。そうして進むはずだった過程を飛び越して、爆弾という結果だけが与えられてしまった。

歩き始めたばかりの幼子でも戦士を殺せる兵器。そんなの思いつきもしなかった人達に、結果だけぽんっと与えられたそれは、まるで魔法だ。現実感を伴わない凶悪な兵器。そんなものあるわけがないと笑っている間に飲み込まれ、世界は混乱を極めた。

これは進化だった。けれど、概念すらなかった世界には早すぎた。いつか誰かが思い浮かべ、そんなの出来ないと言われつつも浸透させていったのなら何かは変わったのかもしれない。その過程を月日と共に積み上げて、辿り着いたのなら違ったのだろう。その結果、似たようなことになったのだとしても、この世界で完結する問題だったのだ。

核を考えた人がいた。作った人がいた。使った人がいた。使う人々がいる。

それは、あの世界を生きてきた人達が選んできた結果で、正しいか間違っているかの論争でさえ自分達のものだ。

だけど、この世界は違う。

爆弾が持ち込まれた。バクダンを使った人がいた。バクダンを使う人がいる。

世界は、誰の覚悟もなく、強制的に進化した。正しいか間違っているか、世界が責任を判じる前に現れて、使われてしまった。過程を得なかった進化の混乱を、責める場所が分かりやすかったから、余計に誰も考えなくなった。自分達の所為ではない、だって世界すら違う人間が持ち込んだ。

せめてこの世界で生まれた兵器であったのなら、もっと自分達の事として考えられたのだろうか。自らに降りかかる悲劇としてだけじゃなくて、それを知った自分達がこれからどう向き合っていくかまで考えなければならないものだと。

あれはただの災厄ではない。自然災害が齎す現象ではない。けれどこの世界の人々は、自分達とバクダンを繋げられないでいる。過去の誰かが作った何かが、今の世を生きる人を害することがあれば、今を生きる人々はその過去を変えられない事実と理解した上で、これからどうするかを考えるだろう。人類の過ち（あやま）だと判断するかもしれない。だけどこの世界の人達は、今はまだ、バクダンの被害にばかり目がいって、これから自分達がバクダンと、その事実とどう生きていくのかを考えられない。考える必要にまで、思い至らない。

持ち込んだ人間をどうこうしたところで、最早バクダンは消えてなくならず、この世界に現れてしまったのだ。

だけど、いつかは気づくだろう。一段落した後に、これからどうすると考える日は必ずやってくる。どうやったって明日は来るのだ。生きている限り、明日は続くのだ。

バクダンを知った世界でどうやって生きていくのか、考えなきゃいけない時は、絶対にやってくる。あれはただの物だ。幾ら魔法のように突如この世界に現れたからといって、自然発生するものじゃない。自然が齎す脅威じゃない。人が齎す、禍（わざわ）いだ。

バクダンを、脅える恐怖の象徴としてではなく、ただの物として捉える為には、人の心に考える余裕がいる。脅かされている真っ最中にそんなことを考えられる人は少ない。

そして、目に見える分かりやすい終幕は、もうそこに見えている。

ぞろぞろと吐き出されてくる人の列が途切れた。

ぽっかりと開いた大きな門の奥にディナストがいる。その隣には、ヌアブロウもいた。ずいぶん久しぶりだ。もう忘れてましたと言いたいけど、ルーナを斬ったあの人をそう簡単には忘れられなかった。

ルーナは今どんな顔をしているのかなとふと思ったけれど、視線を向けず話しかける。

「ねえ、ルーナ」

「ああ」

「イツキさんを助けて、私も助かって、全部一段落したらね」

繋いだ手に力を篭めると、それより少し強い力で握り返してくれた。

「神様とか、岩で砕ける荒波とか、なんか色々に向かって、ばかやろーって怒鳴る気がする」

「既に充分怒鳴る資格があり過ぎるけどな」

立ち止まった私達に焦れたのか、外壁の前に立つ兵士が黒曜を引き渡せと指示を飛ばしてくる。

「……おい、行くぞ」

「了解よ」

静かに促してきたツバキに頷いて、ようやくルーナを見上げた。見たら離れ難くなるから、ぶれないよう前だけ見ていたけど、やっぱり勿体なかったかもしれない。ずっと見ていればよかった。

いや、でも、見てたら泣きそうだからやめといて正解か。

まっすぐに見下ろす水色の瞳は、やっぱりどう見たって人形の眼には見えない。ガラス玉なんかじゃない。もっと光を放つ、人間が持つ宝石だ。

「頑張ってきます！」

「すぐ行く」

「うん！」

ぎゅっと握りしめた手を支えに、触れるだけのキスを交わす。

「行ってきます」

「……すぐに迎えに行くから、絶対に帰ってこい」

「お任せあれ！」

立ち止まったルーナから後ろを向いて下がりながらも、手は離れない。届かなくなる最後の最後まで、指先は触れたままだった。

たくさんの視線の中を黙々と門まで歩く。日本では得るはずのなかった経験だ。だけど、もうすっかり慣れっこです。私、アイドルだって目指せるかもしれないよ！　だって、こんなにたくさんの人の前を歩けるんだよ！　とか胸を張っていたら、震えていた足が調子に乗るなと怒ってきた。

普通にすっ転んだ。べしゃりと顔面からいった。

「…………おい」

「一人で立ち上がられるよ」

貸してくれようとしたツバキの手を断って立ち上がり、三歩で再び転んだ。べしゃりとすっ転んだ体勢のまま思う。転ぶにしても、なんというかこう、儚げとか可憐な転び方ってあると思うのだ。何が悲しくて全身を使った躍動感ある転び方を、この大多数の前に曝さなければならないのか。そして、これだけ転んだのだから身体の震えが止まるかなと期待したのに、世の中そんなに甘くなかった。

門に辿りつくまでにもう一回転んだけれど、その先でディナストは待たされたことを怒るでも不満げにしているわけでもなかった。心底楽しそうに笑っている。

「生きていたとは面白いなぁ、黒曜。あのまま死んでいれば楽であっただろうに」

「生存致しているほうが、楽しいよ」

「ふうん?」

顔立ちはエマさんに似ている。やっぱり姉弟なんだ。性格は、顔が似ていると思うことすら申し訳なく思うほど似てないけど。

「次の排出の用意で一旦閉める。恋人と別れを惜しむなら今の内だぞ?」

ちゃんと行ってきますもしたし、別れなら昨夜散々惜しんだ。嘘です。明け方まで惜しみました。朝食食べてても惜しみました。ついさっきまで惜しみました。

でもまだ見る。

大きな扉がゆっくりと閉まっていく。まっすぐこっちを見ているルーナに、ちょっとだけ持ち上げた掌をひらひらと振った私の腰が掴まれる。なんだと思う間もなく顎も掴まれ、思いっきり上げられた。

「な⁉」

に、と、たった二文字の単語を言うことも出来なかった。押しのけようとしてもびくともしない。えげつない笑顔を浮かべたディナストの唇が重なると同時に、門が閉まる音がした。

咄嗟に唇を引っ込め、ディナストに噛みつかれたのは口の回りだけだからセーフだ！　入れ歯を外したお婆ちゃんみたいな口になったけど、セーフだから問題ない！　私の反射神経万歳！　ここに至るまでに三回も転んだ甲斐があった！

ただし、顔面的にはアウトだった気がする。

私の顔を見たディナストは、思いっきり噴き出した。噴き出される顔である自覚はある為、特に感想はない。しわくちゃに口をすぼめたまま、自分の反射神経を褒め称えるにとどめた。

「顔を背けたり、気の強い女は頬を張ろうとしてきたが、唇のみ逃げられたのは初めてだぞ」

声を上げて楽しそうに笑う顔が、やっぱりエマさんに似ていて、思わず目を逸らす。逸らした先にいる今まで見た中で一番身体の大きい男に、やっぱりクマゴロウだ、クマそっくりだと思った。

ヌアブロウは何も変わっていない。ブルドゥスにいた頃から、いや十年前砦にいた頃から変わらぬ姿でそこにいる。大人の見た目の変化なんて、子どもに比べたら微々たるものなのかもしれない。でも、国を裏切り、海を渡り、大陸全てを敵に回した人とエルサムに立て籠もって。そんな過程を得て尚、雰囲気すら変わっていない気がする。

世界は変わった。けれど、彼は変わらない。それがいいことか悪いことかは、分からなかった。まあ、見た目以外を変わった変わっていないと判断するほど知らないのだけど。そして、これからも知らないのだろう。

私が見ていることにヌアブロウも気づいた。視線が合う。

お前はあの時殺しておくべきだった。過去にそう断じた人の瞳は、すぐに門を向く。ああ、彼は既に、私になど興味はないのだと気づく。じりっとした熱が彼を取り巻いている。横顔で分かるほどの壮絶な歓喜が、その顔には浮かんでいた。その視線が向く先は、扉の向こうの戦場の気配か、ルーナか、アリスか。

もうブルドゥスに見切りをつけたのか。だから私へのあのどろりとした憎悪は失せたのか。それとも、今から始まる戦いが嬉しすぎて、どうでもいいのか。

戦争なんて終われ。終わってしまえ。早く、こんなもの世界から消え失せろ。そう願った沢山の人達がいた。その人達の嘆きを知っている。失っていく虚しさを、取り返しのつかない怒りを、陽気な馬鹿騒ぎで覆って叫び続けた人達を、知っている。

この人は、その人達と向かい合っていた。またはその人達を指揮していた。けれど、全く違う場所へ辿り着いたのだ。

ぐいっと腕を引かれてたたらを踏む。ディナストはぐいぐいと私を引っ張り、馬へと引きずり上げた。

「全員、ここまでご苦労」

敬礼をした人もいた。頷くだけの人もいた。何の反応も返さない人もいた。酷くばらばらの兵士達は、それでも誰一人違えることなくディナストを見上げる。変な軍隊だ。軍隊と呼んでいいのかも分からない、服装すらばらばらの人達は、奇妙なほど違和感がなかった。ばらばらなのに、統一感がある。何が『同じ』なのか、分からないけれど。

ディナストは鋭い声で馬のお尻を叩く。乗っている人間に何の遠慮もなく馬が跳ね、凄まじい速度で走り出す。落ちたら死ぬ。でもディナストにしがみついてなるものかと、暴れ回る馬の鬣（たてがみ）を渾身の力で握りしめ、太腿（ふともも）に力を入れる。

「ではな諸君！　後は好きに遊んで、好きに死ね！」

なんだ、それ。世界中を混乱に巻き込んだトップに立つ人が締める言葉にしては、やけに簡単ではないだろうか。

そう思ったけれど、馬はもう走り出していて、全てはあっという間に消えていった。

同乗者の都合を考えていない人が繰る馬に乗ると、こんなにも世界が回るのだと初めて知ったかもしれない。今までいろんな人の馬に乗せてもらったけど、荷物みたいに担がれた時でさえ一応気にかけてもらっていたんだなぁと、今更知る。

上下に揺れているのか左右に揺れているのか、それとも同じところをぐるぐる回っているのか。全く分からない！

うげろっぱするぞ、してやるぞ、覚悟しろ！　そう唱えながら目を回していると、突然馬が止まった。息をするのも忘れていて、ようやく呼吸を思い出す。

「見ろ、黒曜。あれが俺を殺す軍勢だ！」

何が楽しいんですかね。

ぐったりしながら顔を上げる。いつの間にか地面がずいぶん遠くなっていた。どうやら、モンブランの半分くらいを駆け上がっていたようだ。つまり、上下に揺れ、左右に揺れ、同じ所をぐるぐる回ったらしい。移動した場所は、横ではなく縦だった。

地上を離れた視界いっぱいに人がいる。残りの人質が解放されているようで、ぞろぞろと波が移動して外に混ざっていく。あの人達が出たら門が閉まって、攻城戦が始まる。

ルーナはどこにいるんだろう。望遠鏡欲しい。

「ヌアブロウが楽しそうで何よりだったなぁ」

あ、やっぱりあれは楽しそうだったんですね。

楽しそうというには、壮絶な歓喜だったけど。

「あれは戦場でしか生きられん男だからなぁ。戦場を奪われ、戦場以外の場所で腐り死ぬのは我慢ならなかったのだろうな。あれは、死に様にはこだわらんが、死に場所にはうるさい部類の男だ。俺の下についている奴のほとんどはそういう一風変わったと呼ばれる奴らばかりでな。御しづらく退屈させせん奴らだった。しかし見事に、他にいてもつまらんからとついてきた奴ばかりが残ったな」

「そして、集めて、貴方は何事を行いたかったの」

「遊んだだけだが？」

何を分かり切ったことをと返されて、ぽかんとすると同時に、やけに納得した。こんな状況になって尚、彼らの中には悲痛さも悔しさも見つけられない。願いが既に叶ったのか。それとも、目指したわけではなかったからか。

「ヌアブロウは死に場所を望んだが、他の奴らは基本的にその過程を存分に楽しんできたぞ。俺も含めてな。だってなぁ、つまらんだろう。せこせこ金を貯めても使えるのはせいぜい数十年。ちまちま権力を手に入れても、これまた使えるのは数十年。維持する労力を考えると、全くわりに合わん」

馬が動き出す。今度はかっぽかっぽとのんびりしたものだ。

ようやくまともに街の形状を見ることができる。上から見た感じだと、店は下のほうにあるみたいだ。この辺りでもぽつぽつお店はあるけれど、どちらかというと凝った装飾の家のほうが多い。上に上がるほど貴族の人の家になっていくようだ。でも、不便さは増すような気もする。

「清く正しく生きようが、欲のみで生きようが、どちらにせよ死で終わる。王族として生まれたのなら、他国民は虐げても自国民は守れとぬかす奴らもいたが、そうして生きた結果を奴らが背負ってくれるのか？　誰の言葉で選択しようが、どうせ背負うのは俺だ。こうしろああしろ、理想だ摂理だ正義だの言う奴らは、自らが掲げる正義とやらの責任は負わんからなぁ。なら、やりたいようにやるのもまた手だろう？　我慢するのも馬鹿らしい。だが、見ろ、黒曜」

指がぐるりと街を撫でていく。ディナストを討つために集まった大陸中の人々がこっちを見上げている。

「好き勝手やっても、人はこれだけのことが出来るというわけだ」

「……それは、楽しい事態か？」

「さあてな。だが、清く正しく生きる奴らには決して見ることが叶わぬ景色だ。平坦に生きていては見られぬ景色、得られぬ記憶もまた尊いではないか」

分からない。何を言っているのか、全く分からない。一応言葉は聞こえているのに、単語としての意味は分かるのに、文章の意味が全く分からない。

「得難いものにこそ人は価値を与える。ならば、何より価値あるものは、誰も到達した事のない史上最悪の人災ではないか？」

「貴方は、価値ある人と成りたかった？」

「いや？　退屈こそが悪であるとは思っているが、人が与える価値になど興味はないな」

分からない。今まで散々何やってんだこの馬鹿と言われてきたけど、今の私の気持ちはそれである。まさかこの感想を自分以外の人に持つ日がこようとは思わなかった。

何言ってるのこの人。

私が馬鹿だから分からないのか、それとも誰も分からないのかすら分からない。お願いですから日本語でお願いします。いや、日本語でも分からない気がする。

「だが、面白いではないか。人は感謝より憎悪を覚える生き物だ。どれだけ感謝を覚えても、次の些細(ささい)な不満に塗り替える。正しさを尊いといい、有難がるくせに、記憶に残るのは些細な不満だ。ならば憎悪ばかり覚えればどうなるかと思えば、自分より弱い者を探し出す。復讐(ふくしゅう)に来るかと思っていたんだがなぁ。だが、その弱き者の身内に復讐されて、ひいこら泣き喚くさまは面白かったな！　自分は手を出してこなかったのに、そいつに向かって、元凶は俺だと泣き喚く！　いやぁ、最高だった！　つまり、元凶はこの俺だと分かっていながら、手が届く範囲に八つ当たりしていると分かっていて、弱き者を殺したんだぞ⁉　身勝手ここに極まれり！　だが、俺の身勝手のみが悪であると断じる様は面白くも不思議でなぁ。民草にとっては、上に立つ者の犯すは罪で、己が犯すは仕様のないことだそうだ。同じ罪であるなら同罪であると思うのだが、大多数にとってそうではないらしい。全く異なことだと思わんか？」

何言ってるのか本格的に分からなくなったけど、とりあえず、よく喋る人だということは分かった。……これ、あれだったら嫌だな。よくある定番の、ちゃんちゃんちゃーん。ちゃんちゃんちゃーん。まあ、ここまできて知られたからには死んでもらうなんて理由では殺されないだろう、と、思いたい。

「なあ、黒曜」

「はあ」

呼ばれたのは分かったから返事は返す。

「俺はな、生まれた頃から色が分からん」

「え？」

「濃淡は分かるが色の識別はつかん。だが人の感情が発露した時、目に映る炎の色が判じられる。誰に言っても理解されんがな」

驚いて振り返った先で、ディナストの顔がえげつない笑顔に変わった。笑顔がここまで凶暴な人、そうはいない。

「いろいろ試したが、喪失からの憎悪が一番美しい色をしていた。この世で一番醜いものは決められんが、美しいものならあれが一番だと断言できる。だが」

不自然に言葉が途切れる。

いつの間にか馬も止まっていた。頂上に辿りついたのだ。

どこかギリシャを思わせる宮殿があった。ここまで柱運んでくるの大変だっただろうなとかどうでもいいことがちらりと頭を過るのは、現実逃避かもしれない。

「異界人のものは、まだ断じられるほど知らなくてな」

小脇に抱えられて馬から飛び降りる。下についてからぱっと手を離されて尻もちをつく。痛みに呻く暇もなく、転がるように距離を取る。あまり、近くにいたくない。あまりじゃなくてもいたくない。

「イツキ・ムラカミのほうは、興味が尽きずに少々急かし過ぎた。あっという間に壊してしまった事を今でも悔いているんだ。せめてあいつの世話をしていたやつをバクダンで吹き飛ばすのは最後にすべきだったなとは思っている」

ディナストのどこかうっとりとした瞳が、憂いで伏せられる。

「一応一人ずつにはしたんだが、飛んできた掌が顔に当たって以来壊れてなぁ。一応それまでは感情を返してはいたんだぞ？　恐怖、屈辱、羞恥、痛み、激怒、それらは大体見たが、どうにも憎悪がうまくいかなかったから吹き飛ばしてみたんだが、あれは失策だった」

しょんぼりとした顔と、言っている内容がうまく結びつかない。セミ、逃げちゃったとがっかりした子どもみたいな顔で、何を言っているのだろう。

「この世に二人しかいないからな、お前を滝に落としたのも勿体なかったとは思っていたんだ。どうせもうすぐ終わるからいいかとは思っていたが、機会は廻ってくるものだなぁ」

　ぱんっとディナストが手を打ち鳴らす。

「さあ、逃げろ黒曜。捕まえたら一枚ずつ剥いでいく。お前の仲間の手が届くまでその身を守り切ってみせるがいい」

「は？」

「安心しろ。中に残っている奴らは手を出してこない。追うのは俺だけだ」

　何を言っているのか分からない分からないと思っていたら、単語もうまく分からなくなった。楽しそうに笑う男の後ろで轟音と共に爆炎が上がる。始まった。

「この遊戯は今まで何度かしてきたが、結構いいんだぞ？　恐怖に怒りに羞恥に絶望。大抵の感情が見られる。大体見終わったなら、死の恐怖はまだイツキでは見ていないから試してみよう。殺すわけにはいかんからイツキにはしなかったが、服が終われば皮膚を剥ぐ。一気に殺してしまっては最大の恐怖は見られないからな。ああ、安心しろ。顔の皮膚は残してやる」

　分からない。理解できない。まるで異世界に来たようだ。異世界に飛び込んだのは初めてじゃないのに、今が一番、理解できない。

「だから、それまで飽きさせることなく逃げ惑うことだな」

　一歩近づいてきたディナストから、反発する磁石のように身体が押されて駆け出す。下手に剣なんて持っていなくて本当に良かった。立ち向かえるかもなんて、僅かにでも思えない自分に安堵する。だって、この場で剣の実力0人間が剣を抜くのは、ベストオブ愚策賞に輝いてしまう。それくらいは分かる。しかし、実際に剣を持っていたら、恐らく反射的に縋ってしまった。愚策を愚策と気付く前に抜いてしまっただろう。

ディナストの言葉も行動原理も、何一つ理解できないまま宮殿に飛び込む。走りながら必死に考える。ルーナ達が此処まで来てくれるのにどれくらいかかるのだろう。一時間？　二時間？　そんな馬鹿な。じゃあ一日？　いくら戦力差が圧倒的でもそれはないと思うが、実際の所まったく予想がつかなかった。

そもそも、ここにあるのは護る為の戦いではない。何もない。後ろに何もないのだ。失うものが無い人間が、そうと自覚して、命が散ることを前提として戦う。それらが齎す結果として予想できるものは、被害の悲惨さだけで、終了時間や損害などは全く思い至らない。私が無知だから、それだけではない。ここにある戦いは、そういうものなのだ。後ろがない戦いとは、そういうものだった。

だから私は、とにかく逃げよう。それだけを固く心に誓い、足を動かし続ける。

全く分からないディナストを少しでも理解できないかと話を聞いてみたけど、驕っていたようだ。馬鹿でも分かるように話をしてくれていた人達に囲まれていたから忘れていた。馬鹿に難しい話は分からない！

理解できたところで、説得も納得も、できるとは最初から思っていないけれど。

構造も広さも全く分からない、異世界の、異国の、初めて来た宮殿を走り回る。広さに比べて、人の気配は驚くほど薄い。かつてはなんか高そうなものが飾られていたんだろうなと思う場所は空っぽで、絵は傾いていて埃が積もっている。

とにかく距離を取ろうと走り、脇腹が痛くなった辺りで目に付いた部屋に飛び込む。窓と扉の中間で立ち止まり、じっと扉を見つめて耳を澄ませる。足音がしたら逃げ出そうと耳を澄ませるけど、自分の息と心臓の音がうるさい。座り込みたいけど、それだと走るのが遅れてしまう。

足を止めてようやく思考に回せる。

…………とにかく逃げればいいのだろうか。ルーナ達が助けに来てくれるまで、逃げて、逃げて、逃げまくれば。

耳を澄まさなくても爆音が響き渡る。発生場所はここから距離があるはずなのに、他に大きな音がないからかよく通った。がれきが崩れていく音まで、よく。雄叫びが上がり、多数の人間が大地を揺らす。足音が世界を叩き、音と振動で世界を揺らす。

ああ、始まった。外壁から落としているのか、それとも地面に埋められている分に火がついたのか。ヌアブロウはいま、凄絶な笑みを、歓喜を浮かべているのだろうか。ルーナは、アリスちゃんは、どんな顔であの人と会うのだろう。少し、泣きたくなった。そして、あの人達が泣かなくなったのはいつからなのだろうと、ふと思った。

響き渡る轟音を聞きながら、ぎゅっと手を握り締める。そうして散った意識を掻き寄せる。ただでさえ大したことのない私が余所へ意識を向け、大怪我をしたら目も当てられない。怪我だけならまだしも、死んでしまったらそれこそ私を信じて送り出してくれた人達に顔向けできないではないか。

私には私の役目がある。色々独り歩きした黒曜という名の私が、この大決戦に置いて与えられた役割。

それは、ディナストの個人的な興味の鬼ごっこの追われ役。

「………なにそれー」

世界全然関係ない！　ガリザザ関係ない！　エルサムすら関係ない！

そもそも黒曜っていうのは、ここから海を渡った向こう、航海二か月。グラースとブルドゥスの国境線にあるミガンダ砦の男風呂に落下した馬鹿のことだ。それが、思えば遠くに来たものだ。

この世界に来ていろんなことがあった。いろんなことに巻き込まれて、いろんな人を巻き込んだ。ここでぱぁっと不思議な力に目覚めて世界を救ったり、天使様が現れて願いを叶えてくれないだろうか。頭良くなって、華麗に窮地を脱して、どうだこれが異世界人の力だと高笑い。

あり得ない。私は私でしかない。

そんな私に与えられた役が、バクダンを世界に振り撒き、世界で遊んだガリザザの狂皇子ディナストの鬼ごっこの相手。しかも、黒曜は関係ない。異世界人であることは重要だけど、知識や技術を求められるわけではなく、ただただ感情を見せろという興味。

ここまで散々、黒曜だから、黒曜がと言われてきたのに、最後の最後でこれときた。

そんな場合じゃないし、別に楽観的になれる要素はないのに、ちょっと拍子抜けしてしまう。

　では、私とは何か。

　ナイフで作っているスプーンは途中だし、まだルーナに見ていてもらわないと指落としそうになる。ちょっと教えてもらった剣の持ち方でも指が攣って、自分の足を貫きそうになる体たらく。言葉だって、未(いま)だにへんてこで、思考は馬鹿一直線。

　ちょっとこの世界のことが分かって、ちょっと友達が増えて、ちょっと髪が伸びて切られてまた伸びた。

　そんな感じの私の名前は、須山一樹(すやまかずき)。

　須山一樹は、ちょっと名前が男の子っぽいだけで花も恥じらう普通の女子大学生だ。そう、普通だ。少々、十か月前に異世界に行っていただけだ。

　その世界で私は恋をした。

　一生に一度の恋だ。

　そんな私の出来ること。

　逃げること。

　変わらないこと。

　団子の入った野菜スープを作ること。

　約束をすること。

　約束を、守ること。

　ゆっくりとした足音が聞こえてくる。そろりと重心を移動して窓を掴んでぎょっとした。固定されていて開かない。慌てて椅子を掴んで息を吸う。足音を殺して扉の後ろに回り、椅子を持ち上げて、止める。

扉が静かに開いていく。思いっきり振り下ろした椅子は剣の鞘で受け止められ、横に弾き飛ばされる。椅子には早々に見切りをつけ、吹き飛ぶ勢いで自分まで吹き飛ばされないようさっさと手を離す。しかしディナストの横をすり抜けようとした腕を掴まれ、部屋の中に放り投げられ、背中を打ち付けた。

ディナストは、呼吸が詰まった私のお腹の上にどっかりと座り、顔の横に剣を突き立てた。

「まずは一勝、と」

楽しそうに覗き込んでくる顔を睨み返し、押しのける。意外にもあっさり離れていく。外套を渡すと寒いから、ズボンを脱いで叩きつける。動きにくかったからちょうどいい。

「もってけどろぼ――――!」

相手がぽかんとした隙に部屋を駆けだす。

「うわあああああああああああああ!」

どうせ見つかった直後だし、叫んでも叫ばなくても関係ないやと思いっきり声を張り上げる。何が何でも逃げてやる。何が何でも元気に笑って帰ってやる。

これは、私にとったら命がけだけど、あっちにとったら好奇心と遊戯の一環。でも、決めたルールは守るらしいディナストだから、守ってもらおうじゃないか。

いろいろ考えた私の渾身の策。とにかく相手がその気にならなければいいんだ。やる気を削ぎ、気持ちを萎えさせればいいんだと、考えて考え抜いた大作戦。

韋駄天走りで荘厳な建物内を駆け抜けていく私の足には、もこもこと重なったズボンが波打っている。

ズボンだけでも後六枚！　パンツだけでも十二枚！

上も含めたらまだまだあるよ！

「命まで剥ぎ取れるなら剥ぎ取ってみろ、ばかぁあああああああああ！」

外で起こっている、恐らく歴史に名を残す大きな戦い。

沢山の人の命運を、文字通り命を懸けた戦い。いまこの場だけでなく、大勢のこれからを、人生を左右する決戦だ。

それに比べたら、頂上にいるのになんとしょんぼりな戦いのことか。決死の覚悟でこの悪夢を終わらせようと戦っている人達が見たら、遊んでるのかこのやろうと思われそうな、なんとも小規模な戦いだろう。

戦いの理由は、ディナストが個人的興味を晴らそうとしているだけ。

私はそれから逃げているだけ。

世界を決める戦いの上で行われるにしては、なんともしょっぱい戦いである。

だが、どれだけ盛り上がりに欠ける残念な戦いでも、私の世界を決める戦いだ。

しょせん私などこの程度。黒曜黒曜と言われても、中身が須山一樹では、どう足掻いても二度見の黒曜の域から抜け出せない。大局を見ることなんて出来ない。私は、私が見てきた世界すら端っこしか知らないのだ。世界の行く末を決める決断なんて出来ないし、そんな案も浮かんでこないし、輝かしい剣術を披露することも出来ない。

分かるのは、元気に馬鹿やってると大切な人達が笑ってくれること。元気なく馬鹿やってると大好きな人達が心配してくれること。

黒曜黒曜言っている人達、どうか今の私を見てください！　自分で着込んだ服が邪魔で汗かいてきました！　これが黒曜と呼ばれている須山一樹です！

黒曜は自分達とは違う異世界人と思っている人達の前に躍り出て、転がり回りながら叫びたい。服を何枚も重ねたら、肩上げづらいと！

ばくばく跳ね回り、視界すら点滅させる勢いで暴れる心臓を抱えながら、必死に前を見る。

絶対帰る。

絶対笑ってルーナに抱きつく。

皆を傷つけるだけ傷つけて自分だけ楽になる死を拒んだ。

ならば、絶対生きて帰ろう。ルーナに、アリスに、あの時殺してやればよかったと思わせるなんて、婚約者として、親友として、失格だ。傷ついても、傷つけられても、見るも無惨になったって。

絶対、帰る。だってそう約束したのだから。

それに、幾らなんでもこんな理由で殺されるなんて我慢ならない。

否。

［どんな理由でだって殺されるなんて嫌だっ——！］

ほとんどノンストップで曲がった曲がり角でディナストに足払いされてすっ転ぶ。

痛みに悶え、床で蠢く。そして、瞳を覗き込んできたお綺麗なその顔に、全力でズボンをもう一枚叩きつけた。

「まだまだお代わり自由だ――――！」

ぶつけられたズボンを顔面からズリ落とすディナストを放置し、絶叫しながら駆け出す。世界よ、ディナストよ。刮目せよ。いや、嘘。あんまり見ないで！

だが、何はともあれ。

これが私の、全力戦争だ！

◇

ぜえはあ、ひいはあと擦れる息をなんとか続け、痛む脇腹を押さえて身体を引きずる。退路がない場所には隠れたくないけど、土地勘、というか、建物勘がないからさっぱりだ。

大きな壺に隠れていたら壺ごと叩き割られて心臓が止まりそうになった。暖炉に隠れていたら後ろが隠し通路で心臓転がり出そうになった。正攻法で走って逃げたら絶対追いつかれた。もう土地勘も建物勘も関係なく、全敗である。

そもそも勝利がないのだ。私は殺されたら負けだ。ディナストも極論を述べれば殺されれば負けの筈だ。けれど、殺せる気がしない。心構えとかそんなもの一切考慮しなくても、まず実力がどうしようもない。ディナストの剣の腕がどれほどのものかは分からないが、きっと相当なものだ。だから、私には殺せない。つまり私は勝てない。負けないように時間稼ぎするしか、方法がないのだ。

走るのを止めると、噴き出していた汗はあっという間に冷えていく。ずびっと洟を啜り、冷え切った手を擦り合わせる。外を見たら、いつの間にか夕暮れになっていた。

ずるずると壁に背中をつけて座り込む。あっという間に剥がれまくった服で、良くも悪くも涼しい。汗が冷えて風邪をひくかもしれない。

洟を啜りながら白い息を吐きだす。

どうしてこんなにのんびり出来ているかというと、ディナストが『疲れた』『寝る』と、ぴたりと鬼ごっこを休止したからだ。今も下では凄い音が鳴り響き、空より真っ赤な炎が上がり続けているというのに、なんとも自由な人である。あれは私じゃなくて彼を追いかけてきた炎なのだけど、それを見つつ、自分の目的より睡魔を優先させた。凄い。

途中で、別にいちいち脱いで渡さなくても、服に捻じ込んどいて捕まったら渡せばいいと気づいた。捕まる度に、脱いでも脱いでもパンツです、カズキマトリョーシカ！　とか思ってる場合ではなかったのだ。

おかげでいちいち脱ぐ手間は省けたけど、その間に休憩が取れなくなって倍以上疲れる羽目になったのはどうしよう。

それにしても、ディナストは全然必死に見えないまでも、楽しんでいるようには見える。ルールを守って真面目に遊んでいるのだ。ああして見ると全然恐ろしい人に見えない。ただのノリのよい人である。

　この人実はいい人だからみんな和解しましょうよーと、夕日に向かって叫びだそうとは全く思わないけど。

「お腹、空いた……」

　三食昼寝付きとは言わないから、食事は提供して頂けないだろうか。これだと明日どころかこの後すらもたない。ディナストは今から寝ているということは、朝まで寝るのだろうか。それとも夜に起きて活動するという生活リズム乱れまくりの姿を披露してくれるのだろうか。

　出来ればそのまま朝まで眠ってほしいなぁと思いながら、食事を探しに行こうと立ち上がる。久しぶりに食事の心配をした。今まで衣食住の心配がなかったのは、本当にありがたいことだ。命の危機は多々あったが、その他の心配はほとんどなかった。まさか、皇都と呼ばれる場所でその全部の心配が出るとは夢にも思わなかったけど。

　お腹空いたけどこの隙に寝ておいたほうがいいのだろうか。どうしよう。悩みながら、疲労でガクガク震える足を引きずって歩く。逃げ回っていた範囲の地図はなんとなく覚えた。ここ曲がったらさっき捕まった部屋に出るくらいのことは何とか……違う、ここどこだろう。

　部屋どころか渡り廊下が続いている。そういえば階段上ったんだった。この宮殿、平屋かと思いきや、上階があるのだ。玄関の柱と吹き抜けが高すぎて、全部天井高いだけの平屋かと思ってしまった。

　見覚えのない空間をぐるりと見渡し、逃げるときに使えるか考える。ここ、上からも下からも後ろからも前からも見えるから、逃げるときは使わないほうがいいな。でも先は知っておきたいから今のうちに渡ってしまおう。

のろのろと進んだ先で、はっと顔を上げる。いい匂いがする！　ご飯！　ご飯食べたい！　皿洗いするから恵んでもらえないかな！

地上から立ち上ってくる焦げくさい臭いじゃない。ちゃんと料理したご飯の匂いだ！　眠るなんてナンセンス。人は食べなきゃ生きていけない！

皿洗いでも便所掃除(そうじ)でも何でもするから、パン一個でも恵んで頂けませんか⁉

疲れなんて忘れて猛ダッシュした私が見たのは、ぐちゃぐちゃに荒れ果てた調理場の、唯一綺麗に掃除された一角で、エプロンして鍋からスープをよそっているツバキだった。

「ツバキ！」

「うわっ、あんた汚い！　ちょ、ここ入ってくんな！」

私が現れたことに驚きはしなかったけれど、振り向いたツバキはしっしっと虫でも払うように掌を振った。必死に頑張ってきたのに、酷い話である。

でも、見下ろした自分の姿を見て納得した。この宮殿を汚している埃に蜘蛛(くも)の巣、泥と雪をばっちりお掃除してきたのだ。バイト代ください。

私を上から下まで見下ろしたツバキは深いため息をついた。

「ちょっと動かず待ってろ。中に入るなよ！　鍋には絶対近づくなよ⁉」

念を押して去っていったツバキの指示に従って、中途半端に浮かせた両手もそのままにして待機した。ディナストが追いかけてきたら、その時はツバキの指示をポイ捨てして走り去る気は満々だ。

五分ほどして誰かが走って戻ってきた。

ディナストにしては軽い足音だと分かっていつつ、びくっとしてしまう。そこにいたのがツバキで心の底から安堵する。ツバキを見て安堵する日が来るとは思わなかった。

「ディナストはこの三日寝てねぇみたいだから、もうちょいは自由にできそうだ。イツキ様用に用意しといた風呂があるから、入ってこい」

「先に食事を分散して頂けると嬉しいよ」

「時間はありそうだから風呂が先だ。……そしたら、イツキ様と、食えばいいさ」

ぽつりと付け足された台詞（せりふ）に、黙って頷く。イツキさんに会うことに異論は全くない。寧ろ、やっとという想いだ。

「だが、共にであっても先に食事を頂きたいよ……」

お腹が盛大に鳴っている。

「お前汚ねぇから、絶対駄目だ。そんな格好でイツキ様には絶対会わさないからな。服は用意してやるからさっさと行け！」

「服はこちらを」

「それじゃ風呂入る意味がねぇだろうが！　ディナストが遊んでるんだろ⁉　分かってるから入ってこい！」

蹴り出された。比喩ではなく蹴り出された。そんなにイツキさんのご飯があるここに私がいるのは嫌でしたか。嫌ですよね。私も料理しているときにこんなでろんでろんが来たらおたまで叩きだす。

それを理解していても、私は戻ってきてひょいっと頭だけ覗かせた。

「ツバキ」

「まだいたのかよ」

「風呂の居場所が分からぬよ」

「……こっちだよ」

案内してもらったお風呂は、思っていたよりこぢんまりとしていて非常に居心地が良かった。実家のお風呂みたいだ。

でも、のんびりしていられない。急いで身体と頭を洗ってお湯で流す。汚れすぎていてなかなか泡立たない。これはイツキさんのお風呂だから浸かるのは申し訳ない。流すだけにしよう。

急いで泡を落としてふと二の腕を見ると、赤い楕円があった。打ち身だろうか。変なとこ打ったな、腕でこれなら背中とお尻は凄いことになってそうだと思っていたけど、別の事に思い至ってお風呂に浸かってもないのに逆上(のぼ)せた。ルーナ大好き。

一人で身体をくねらせて悶えまくる。きょろきょろと周りを見て、誰も見てないことを確かめ、そぉっと唇を寄せる。

「ふへ……」

こんな事態なのに嬉しくなった。

生きてて嬉しい。ルーナ大好き。

ばしんと頬を叩いて気合を入れる。よし、頑張ろう。

脱衣所に出たら、下着と長いキャミソールみたいなのしかなかった。待ってツバキ。これ、三回でアウトです。いや、その前に凍死する。この夜すら越えられない。会いたくて震える前に寒さで震えてアウトだ。

「ツバキー⁉」

「うるせぇ！　いるよ！」

ばんっと勢いよく扉を開けたら、その勢いで跳ね返ってきた。両方向に動く、だと……？

ツバキは、鼻を打ってしゃがみ込んだ私を立たせ、両手を広げさせる。

その手には何やらたくさんの布を持っていた。それを、あれよあれよという間に身体に巻いていく。あっち巻いてこっち巻いて引っ掛けてと、ぐるぐる巻きつけられる。黙々と布を巻きつけていくツバキを見ながら思う。ミイラってこんな気持ちなのかな、と。

「そのままでいろよ」

鼻から脳みそ引きずり出される気持ちは分からないけれど、ぐるぐる巻きにされる気持ちは分かった。目が回る。

あっという間に長い大量の布が服となった。更に上からひらひらと透ける長い布を肩から腰にかけて流したり、腰から足にかけて垂らしたまま、くるりと帯に引っ掛けたりといろいろ足していく。追加で増えていく小さなものから大きな布まで綺麗に纏わせきったツバキは、ふぅと息を吐いた。

「後はリボンでもつけてろ。それも一枚だろ」

　空っぽになった籠を抱えて立ち上がったツバキの裾を、慌てて引っ張る。

「あ？　これ以上布用意できなかったから、これで頑張ってくれよ」

「ツバキ、ありがとう！」

　思ったより動きやすいのに、たくさんの『一枚』を身に纏うことができた。私一人だったら布があっても動けるように纏うことはできなかった。しかも可愛い。そんな場合じゃないし、お洒落にそこまでこだわりはないけど、可愛かったら嬉しい。嬉しさは原動力になる。

　助かったのと嬉しかったので馬鹿みたいに大口開けた笑顔になってしまった。案の定、ツバキはぽかんとしている。ちょっと阿呆面過ぎました。ごめんなさい。

「ツバキ？　あの、私」

「……いや、あんたからすげぇ嫌そうな顔以外で礼を言われるとは思わなかった」

「お腹空いたよ！」

「聞けよ！」

　話してる途中に喋ってくるんだもん。とても悲しいタイミングになってしまった。そしてごめん。カズキは急には止まれませんでした。

　冬は日が落ちるのが早い。外はあっという間に夜になっていた。高いモンブランの頂上で、冬の澄んだ空。さぞや満天の星が見えるだろうと思いきや、燃え続ける炎と煙で、星どころか月さえ見えなかった。

轟音の中、地上から照らされる明かりで顔に影を乗せたツバキが、食事を持って先を歩く背中を見る。手伝おうかと言ったけど、転ばれる方が面倒だからと断られた。尤もである。

ディナストに追われて散々走り回った宮殿内はどこも埃塗れで、掃除も手入れもされなくなって久しいといった様子だった。なのに、ここはそうじゃない。ツバキが進んでいく道程は、最低限の様相は保たれていた。物が転がっているわけじゃないし、蜘蛛の巣も張られていない。鼠だって走ってこないし、お風呂場は黴もぬめりもなく、綺麗な石鹸が並んでいた。

お風呂場への道だけが、綺麗なのだ。もしかして、イツキさんの行動範囲だろうか。維持されているのはそれだけに見えた。ツバキが片づけたんだろうなぁと、他に人の気配がしない建物内を眺める。

「ツバキ」

「なんだよ」

「イツキさんは、どのような状態か？」

先頭を行く人の歩みは止まらない。

「基本的に、肩を叩いたり手を取らないと、人間全てを認識できない。ずっと、母国語で何かを喋ってる。……俺の名前を呼んで、怒ってる」

「怒るてる？」

「俺がイツキ様をああしてしまったから、怒ってるんだ」

急に立ち止まった背中にぶつかりそうになる。慌てて急ブレーキをかけた。カズキは急にも止まれたよ！

ただ立ち止まったのかと思いきや、目の前に扉があったからここが目的地のようだ。

「イツキ様は、ご自分の弱さを知っていた。だから、エマ様が敗れた時、知識を抱えたまま死のうとしたんだ。自分は拷問どころか恫喝にさえ耐えられない。だから、脅えるままいいように使われる前に、死ぬんだって」

ノックして、二秒待つ。返事はない。

ツバキは扉を開けて、一礼した。

「イツキ様、食事の用意が整いました」

返事は、返らない。

けれど開かれた扉の中に、その人はいた。

一つに纏めた男性にしたら長い黒髪を揺らし、部屋の中を歩いている。ああ、日本人だなって分かる顔付きだ。でも、二十六歳にしては高校生のようにも見えるし、失礼だけど、老人のようでもあった。背はそんなに高くない。女の子みたいに線が細いのは、痩せているからだろう。頬がこけ、骨が浮き出た手を伸ばしてベッドの下を覗いたり、椅子の裏に回ったりと何かを探している。ぶつぶつと何かを呟き、探した物を見つけられなかったのか、またベッドの下を覗き込む。

ぶつぶつと、ツバキの名前を呼びながら、黒い瞳をぎょろつかせている。その言葉を聞き取ろうと耳を澄ませ、息を飲んだ。

「……だけど、俺が止めてしまった。死なないで、一人にしないでって、俺が縋ってしまったから、優しいあの人は俺を置いていけなくなった。そして、壊れるその時まで、死なずに傍にいようとしてくれたんだ」

ツバキの声は酷く静かで、平坦で、恐ろしいほど悲しかった。

「……なあ、イツキ様はなんて言ってるんだ？」

怒りながら自分を呼んでいるのだと、ツバキは言った。それなら、私が訳しても彼は傷つくばかりだろう。

「教えてくれよ……頼むから」

なのに、聞くのだ。彼が話している言葉を知りたいのだ。イツキさんの言葉を理解したいのだ。それはきっと、好きだから。大切だから。そんな当たり前の、不思議でも何でもない感情で成り立った理由が、どうしてこんなに痛いのだ。どうしてこんなに、痛くなければ、ならないのだろう。

「ツバキを、探してる」

「……そうか。やっぱり、俺を恨んでいるんだろうな。俺の所為でこんなことになったんだから、当然だ」

目頭が熱くなる。胸も焼けるように熱く、痛い。呼吸すらも熱くて、苦しい。

「俺の、所為だ」

唇を噛み切って食いしばったツバキの前を、ふらふらとその人が通り過ぎていく。ツバキの名を紡ぎながら、視線を彷徨わせる。

あんまりだ。神様、こんなの、あんまりだ。

「ツバキを、探してるっ……！」

ツバキの名前を呼んで、瞳を必死にぎょろつかせて、両手を伸ばす。

怒っている。ツバキはそう言った。ツバキが抱えた自責の念がそう思わせた、そうと言い切れないほど、確かにイツキさんの表情は鬼気迫っている。だけど、怒鳴り声のように聞こえる大声が、必死に紡がれるその言葉が、怒りのものであるとは限らない。限らないのだ。

［ツバキ］

ふらりと、イツキさんが歩く。両手を彷徨（さまよ）わせ、視線を彷徨わせ、心を彷徨わせ。

ツバキを呼ぶ。

［ツバキはどこに行っちゃったんだろう。ツバキ、ねえ、誰かツバキを知らない？　どうしよう。僕が目を放したから迷子にしちゃったんだ。どうしよう、僕の所為だ。誰か、ツバキを探して。どこかで泣いてるかもしれない。また怖い夢を見て一人で泣いてたらどうしよう。ごめんね、ツバキ。ごめんね、すぐに見つけるから！　ごめんね、ごめんね、ツバキ。待ってて、すぐに探すから。すぐ見つけるから待ってて、ツバキ。見つけるから、もう怖くないから、だから泣かないで、ツバキ！］

涙が止まらない。息が、出来ない。

そんなに広くない部屋の中で、またベッドの下を覗き込んだ動作に嗚咽（おえつ）が漏れる。子どもが隠れられる場所を探しているのだ。きっと、やせっぽっちでがりがりで、奴隷商から逃げ出してきて脅える子どもが隠れられる場所を。

「……カズキ？」

「ツバキの身を案じて、ツバキを探してる。ツバキが泣いていないかと、案じてる」

弾かれたようにツバキが視線を上げた。イツキさんは、また椅子の裏に回って、今度は分厚いカーテンを捲って いる。

彼の探し人は見つからない。ずっと、ずっと、見つからない。だけど彼は止まらない。決して諦めず、溜息一つつくことなく探し続けているのだ。

「ツバキ？ ツバキ、どこにいるの？ エマ、ツバキがいないよ。お願い、探してあげて。ツバキが迷子になっちゃったんだ。ツバキが一人になっちゃったんだ。お願い、誰か、ツバキを見つけて！」

言葉を解さなければ怒鳴り声にも思える必死な声で、まるで泣き叫ぶように。

片手で口元を覆い、小刻みに震える背中に触れる。何も言えない。泣かないでなんて言えるはずもない。

どうしてだろう。なんで、こんなことになるんだろう。彼らの出会いはこんな結末を迎えなければならないようなことだったのだろうか。彼らが過ごした時間は、きっと優しいものであったはずなのに。彼らが向け合った感情は、穏やかなものであったはずなのに。

ツバキの大切な人がツバキを想っていることが、どうしてこんなに苦しくなければならないのだ。

みんな泣いている。誰もが、どうしようもない感情で泣き叫ぶ。

それでもツバキは顔を覆わない。嗚咽を零さないために己の口を塞いでも、視線は閉ざさなかった。零れ落ちる雫は止められなくても、滲んだ視界でただ一人を見つめ続ける。きっと、ずっとそうしてきたのだろうと思えるほど真っ直ぐに。

「この世界での出来事全部、あの人にとって苦痛でしかないのかもしれない。俺も、エマ様も、あの人を悲しませることしか出来ないのかもしれない。それでも俺は、あの人に生きていてほしいんだっ……！」

血を吐くような叫び声に、イツキさんの視線が私達のところで止まる。そして、ふらりと傾く。一房落ちた髪が顔にかかっても気にも留めず、不思議そうに言った。

「……誰？」

涙を袖で拭い、何度も息を吐く。初対面の人にはまず挨拶だ。そうですよね、イツキさん。国は違っても、世界は違っても、そういうのは変わりませんよね。まして私達は同郷だ。

見知らぬあなた。だけどきっと、この世界の誰より近しい歴史を持つ人。少しだけ知ったあなた。この世界の誰より近しい文化を知る人。見知ったあなた。この世界の誰より、想いが近い人。

洟を啜り、声が震えないようにつばを飲み込む。

恐ろしいことがあった心は、この世界を拒絶して閉ざされた。じゃあ、どんな言葉も、あなたには届きませんか？

あなたがツバキを案じるその言葉でなら、初対面の私の声でもあなたに届きますか？

「初めまして」

どこかぼんやりと溶けた瞳が見開かれる。

「須山一樹と申します。私ずっと、あなたと、話したかったんです」

私が差し出した手を呆然と握ったイツキさんは、呆けた声で「邑上、一樹です」と、反射のように軽く頭を下げて教えてくれた。しかし、ふっと意識が逸れる。

「あの、すみません。ツバキをどこかで見ませんでしたか？　ツバキって僕の友達なんですけど、赤い、椿みたいな綺麗な髪をした男の子なんです。よく怖い夢を見て魘されるんです。だから、昼寝してても傍にいて起こしてあげないといけないのに、僕、目を放してしまって。手を繋いでたつもりだったのに、気が付いたらどこにもいなくて。僕が、ぼぉっとしてたから」

イツキさんはきょろきょろと視線を彷徨わせる。

「もう、夕方になったのに、まだ帰ってこなくて。もう、ずっと帰ってこなくて。夕方なのに、もう、ご飯の時間なのに。どうしよう。ちゃんと手を握っていたはずなのに、どうしてどこにもいないんだろう……」

「……夕方？」

外はもう真っ暗だ。イツキさんはきょとんとして、やせ細った腕で分厚いカーテンを引いた。

「ほら、今日はずっと夕焼けなんですよ。それに、夕立が酷くて………そう、だから、ツバキが濡れてしまうから、探して、ツバキ、ツバキを見ませんでしたか？　これくらいの身長の男の子なんですけど」

遠くで爆音が響く。イツキさんは、ああ、また落ちたと困った顔になる。雷が酷くて、あの子が濡れてしまうから傘を、タオルを、お風呂の準備をと、虚ろな声でふらりと歩き出した。

「……イツキ様」

　ツバキが、再びベッドの下を覗き込んだイツキさんの腕へ僅かに触れると同時に、一際大きな爆発が起こった。火の粉が天まで昇っていく。イツキさんは身体を跳ねさせてツバキの手を振り払った。その手がまるで焼けた鉄だったかのように触れた場所をぎゅうっと握りしめ、がたがた震えて悲鳴を上げる。

「いや、だ！　嫌だ、触るな！　僕に触るなぁ！」

「イツキ様！」

「近寄るな！　いやだ、もういやだぁ！　触るな！　触らないでくれっ！」

　痩せて落ち窪んだ瞳は虚ろなのに鈍い光を放ち、折れそうな全身を使って悲痛な声で叫ぶ。誰からも距離を取ろうとして、振り回した手が壁に当たってもお構いなしだ。自分の爪で肌を切り裂いても気付きもしない。自分で自分を傷つけて、痛みにすら気付かないイツキさんに、ツバキのほうが殴られたような顔をする。

「イツキ様！」

　再び離れた距離を走り寄ったツバキにびくりと身体を竦ませ、イツキさんは背中を壁に打ち付けた。ツバキは、はっと一歩下がり、即座に膝をつく。そして、開いた掌を肩の高さで身体の横に浮かせる。

「お怪我を、されますから、どうか、イツキ様」

「触らないで……いやだ、もう、いやだ……やめて……お願い……」

額を地面につきそうなほど下げ、ツバキはゆっくりと言葉を紡ぐ。

「何も、致しません。俺は貴方に、何も、しませんから。怖いことも、痛いことも、絶対しません。貴方に差し上げるものは、貴方が俺に与えてくださったものだけと誓います。ですから、どうか、脅えないでください」

深く頭を下げているため、首筋まで全部曝している。両手を広げ、跪き、危険はないのだと全身でイツキさんに伝えていた。

「何も致しません。何も、恐ろしいものはありません。俺が必ずお守りしますから。ですから、どうか、怖がらないでください」

ゆっくりと、けれど必死に伝えるツバキの言葉に、イツキさんの肩の力が抜けていく。落ち着いたのかと思った。けれど、顔を上げたツバキの唇はぎゅっと噛み締められている。

「………………ツバキを、探さないと」

ぽつりと言葉が落ちて、イツキさんはよろめきながらベッドの下を探す。

ツバキの言葉が、届かない。目の前にいるのに。ツバキを探すイツキさんが、イツキさんを待っているツバキが、目の前にいるのに。ツバキがイツキさんへ向けるものも、イツキさんがツバキへ向けるものも、それらは全部、優しいものであったのに。

「……こんなに恐ろしい雷の音がしているのに、どうして僕は、あの子を見つけてあげられないんだろう」

どうして、互いへ届かないのだ。

湧き上がる言葉全てを飲み込んで、ツバキが笑顔を浮かべる。穏やかな声で、今にも泣きだしそうな瞳で。

「…………イツキ様、食事にしましょう。また、痩せてしまいましたね。どうか召し上がってください。イツキ様がお好きだと仰っていたパンです。俺が、初めて貴方に作ったスープです」

爆音が響く。空が一際色づき、そうして感情が焼けつく。

［ツバキ、どこ⁉　危ないから出ておいで！　いい子だから、ツバキ！　どうしよう、エマ！　ツバキを探して！　ツバキが殺される！　嫌だ、ツバキ！　待って、嫌だ、待ってぇ！　ツバキを殺さないで！　ツバキまで殺さないで！　お願い、ツバキ！　嫌だ、嫌だぁ！］

「イツキ様っ」

皆が泣いている。二人とも手を伸ばして探しているのに、互いに届くものが爆音だけなんて、おかしいじゃないか。

言葉が届かない。音は刻み込まれた恐怖としてイツキさんに届いてしまう。

どうすればいいのだ。どうにかしたいのに、どうすれば。どうしたら、どうすれば。

どうにもならないもどかしさと焦燥だけがぐるぐる回る。しかし、何かが引っかかり、ぐるぐる回っていた思考が止まった。イツキさんには焼きついた恐怖があって、言葉が……言葉が、届かない？

でも、私はさっき彼と会話をした。とても短い、自己紹介を。

それに気づいた瞬間、二人の間に躍り出る。

［邑上さん！　須山です！　私、須山一樹といいます！］
目の前に片手を差し出す。さっきと同じ行動をした私に、イツキさんの目はぱちりと瞬いた。
［あの、ご飯一緒に食べませんか！　私、今日の夕飯誘って頂いたのを凄い楽しみにしてきました！　ご相伴(しょうばん)に預かります！　お、おばんでやんす！　こんばんは！　お邪魔します！］
空気を読んだ私のお腹が盛大に歌い出す。
イツキさんはぽかんとして、私の顔とお腹を交互に見る。
［あ、え………どう、ぞ？］
言葉が届いている。言葉を音じゃなくて言葉として聞き取っている。
イツキさんが言葉として認識できていないのは、こっちの世界の言葉だ。言葉を認識できなくなるほど、つらいことがあったのだ。彼にとって自分を壊すものでしかなくなってしまうような、反射的に閉ざしてしまうほどの言葉を聞いたのだ。
彼を呼ぶ声も、優しい言葉も届かなくなってしまうことが、あったのだ。
でも、彼が言葉として発している言葉なら、届いた。普段どれだけ意識していなくても、今までどれだけ意識してこなくても。生まれて育った国の言葉は捨てられない。無意識だからこそ消えない、私達の言葉。どれだけ化学が発達して、どれだけ星の反対側が近くなろうとも、海に囲まれ閉ざされた、私達の国の言葉。
［あの、邑上さん］
［は、い］

［イッキさんとお呼びしても構いませんか？］

［ええ、どうぞ？］

不思議そうにしながらも、恐怖よりも、恐らくは彼の本質であると思われる姿が表に現れた。言葉を聞いている。ただ耳に入る音を捉えるのではない。自らの意思で、食い入るように、イツキさんは私の言葉を追っていた。彼にとって、十年ぶりとなるであろう、私達の言葉を。

しかし、爆音が上がった途端、帳が下りるように色を失っていく。そのイツキさんを覗き込み、声を張り上げる。爆音なんて聞こえないように、そんなものに意識を攫われてしまわないように。

聞いてほしい。私の言葉を。かつてはありふれていた、雑踏の中に転がっている、とりとめもない話を。通りすがりの雑談を。私達の国の言葉で、聞いてほしい。そして、掴まえてほしかった。言葉を、意識を、ここに向けてくれるなら、私は何時間だって喋り続ける。

［じゃあ、是非私のこともカズキと呼んでください！　イツキさんとおんなじ字を書くんですよ！　一に樹木の樹でカズキです！　いっつも男の子と間違われるんですよ！］

［そ、れは、そうかもですね。女の子だと、珍しい名前ですね］

見て、私を見て！　この、どこからどう見ても日本人だと分かる平らな私の顔を見てください！　燃え上がり夜空を隠す炎じゃなくて、見たって面白くもなんともない顔をどうぞご覧ください！　世界を震わす爆音じゃなくて、この毒にも薬にもならない世間話をお楽しみください！

［ですよね！　お父さんが息子が欲しかったけど、うち四人姉妹なんですよ！　それでせめて名前だけでも男の子に！　って、息子につけたかった名前を私につけたんですよ！］

「四人とも女の子って、凄いですね」

がんがん畳み掛けていく。女が三人そろって姦しい。私は一人でやかましい！

意識が外に逸れる前に、畳み掛けて畳み掛ける。

ぐぅぐぅ鳴るお腹の加勢も手伝って、私はイツキさんと並んで夕食に辿りつくことができた。最初にしたことは、果実水の一気飲みである。お風呂上りの畳み掛け。喉がからからになっていた。

さっきの爆音が大きかったから、ディナストが目を覚ましていないか確認してくると素早く飛び出していったツバキが作ってくれていた夕食を頂く。食べたことないはずなのにどこか懐かしい、大衆の味がした。凄く食べやすい。

「それで、私があまりに点数取れないんで、先生が泣く泣く、名前書いてたら三十点！　って特別企画でテストしてくれたんですよ！　そしたら私、急ぎ過ぎて、一樹の樹をですね、右っ側も木にしちゃってですね。赤点頂きました！」

「それ、意味ないじゃないですか」

「先生の号泣も頂きました！」

「そりゃそうですよ」

ふはっとイツキさんが噴き出し、破顔した。あははと声を上げて身体を揺らし、私の先生泣かせの歴史を聞いている。イツキさんがこうやって笑ってくれるなら、私の残念な成績達も報われるというものだ。

しかし、先生には本当に申し訳ないことをしたと思っております。高校卒業まで、めげず諦めず投げ出さず、最後まで面倒見てくださったことを、本当に感謝している。先生の、お前真面目にやってるのになぁという、悲痛に満ち満ちた言葉は一生忘れません。
悲しみに満ちた瞳を思い出し、しんみりしていると、イツキさんはまだ笑いが引っ込まない身体を楽しそうに揺らす。
［でも、僕も昔しちゃったことがあります。急いでる時に画数多いと焦っちゃいますよね］
［ですよねぇ］
［後、クラス替えとかすると名前読んでもらえないんですよね。僕はカズキって呼ばれるんですよ］
［私は、性別が書かれてる名簿だったら悩まれました。イチキとか、イツキとか。書かれてないのだったら、迷わずカズキ君でした！］
［あはは！　ですよね！］
笑いすぎたイツキさんが目尻に浮かんだ涙を拭っていると、戻ってきたツバキが部屋に滑り込んでくる。音を立てずに戻ってきたツバキにイツキさんは気づかなかった。痛くなったらしいお腹を押さえて身体を震わせている。
同じようにお腹の辺りに手を添えていたツバキは、部屋に入ってきた位置から動かず、呆然とその姿に目を奪われていた。
「笑ってる……イツキ様が、笑ってる」
ぼろりと零れ落ちた涙に、椅子を蹴倒して立ち上がる。

「泣き虫ー⁉」

「う、うるさい！」

　慌てて両手を広げて駆けだすと、腕で真っ赤な顔を隠したツバキに避けられた。そのまま壁に激突した私の足元に何かが転がっている。蹴飛ばしてしまっただろうか。なんだろうと視線を落として、思わず真顔になった。

　人生に教科書も参考書もない。チェック項目があって、これは用意しましたか、これは解決しましたかとか、そんな物はないのだ。ないのだから自分で覚えていなければならないけど、流石私だ。完全に忘れていたわけじゃなくても、七割がた忘れていました。それどころじゃなかったともいう。

　足元でごろりと転がる、掌サイズの、石。

　全体像は二等辺三角形。黒ずんだ部分以外はＬＥＤのように点滅している、石。

　私とイツキさんを、こっちの世界に連れてきた、石。

　石を見て、ツバキを見て、石を見て、ツバキを見る。

　ツバキ、説明を求めます。

　もう一度石を見てツバキを見たら、ツバキは私なんか見ていなかった。石を拾おうとしゃがみこんだ体勢のまま固まっている。私はもう一度、ツバキと石を交互に見て、最後にツバキの視線を辿っていく。ツバキの目の前には、心配そうに屈みこんだイツキさんがいた。

「どうしたんですか？　どこか痛いですか？　えっと、ど、どうしよう。あの、これ、使ってください」

「イッキ、様」

「え⁉　あ、あの、きゅ、救急車呼びましょうか⁉　どこか痛いんですか⁉」

しゃがみこんで嗚咽を殺すツバキを前にして、イツキさんがおろおろしている。目の前の人が誰だか分かっていない。でも、誰かが泣いているのは認識していて、泣いている人がいるからハンカチを貸して。どこかが痛むのであれば助けを、救急車を呼ぼうと一所懸命携帯を探している。流れるように、当たり前のように、泣いている誰かに手を貸すこの人を、エマさんもツバキも好きになったんだろうと思った。

名を呼んではもらえない。存在を分かってはもらえない。でも、ぼろぼろ涙を零すツバキの前に屈みこむイツキさんがいるだけで、彼は息も出来ないほど泣いている。

今は外が少し落ちついているからかもしれない。こんなのは今だけで、意識が向こうに持っていかれたらまた悲しい悲鳴が上がるのかもしれない。

それでも。嬉しいと思う心は止められないのだ。どうしたって、ツバキがイツキさんを大好きな限り。

ツバキは、震える手で伸ばされた手を掴み、額をつける。

「あの……？」

「……この世界が貴方を滅ぼそうとして、貴方がそれを受け入れてしまうのだとしても、俺が抗う。抗ってみせる。……世界が貴方を拒んでも、俺には貴方が必要です」

再び響いた爆音に言葉が溶けていく。イツキさんの瞳がぼやけ、目の前で彼を想う人を捉えられない。この世界の音が、言葉が、彼の正気を浚っていく。

けれど、音が鳴る前から繋いでいた手は、今度は振り払われなかった。

「ツバキを、探さない、と」

ふらりと視線が彷徨う。

「ですが、貴方が望むのなら、俺は、絶対に貴方を帰してみせます」

「エマ、ツバキを見つけてあげて。お願い、誰か、ツバキを。お願い、誰か、誰か」

「この石のことは、エマ様にも、伝えていません。他の誰にも、海に沈んだとだけ伝えました。……貴方を帰せると知れば、あの方はきっと躊躇う。躊躇った自分を許せない。だから、全部、俺の独断です。誰に責められても、誰に罵られてもいい。イツキ様、貴方だけは絶対に、元の世界に帰してみせます」

「ツバキを、助けて」

世界に鳴り響く爆音。空まで覆い尽くす噴煙。

寂れ、閑散とした、皇都の宮殿。荒れ果てる寸前、滅びの象徴のような宮殿の片隅で、かろうじて保たれた生活空間。世界の滅びが集約したかのような場所で、閉ざされてしまった二人の言葉が擦れ違う。思い合っているはずなのに交し合えない。痛みと苦痛に弾かれてしまう。それでも捨てられないのだ。ここは、捨てられず、されど願い切ることも出来ない絶望の中で何年間も過ごした二人が閉ざされる場所。

そんな場所に立つ私は、ごくりとつばを飲み込んだ。

ああ、どうか二人とも。

私の存在も思い出して頂けると、凄く嬉しいです。


「すみません、お待たせしました」

「いいえ、大丈夫ですよ。用事は終わったんですか？」

「――はい」

一度出ていた部屋にツバキと戻ってくると、イツキさんは気を悪くした風もなく、椅子から立って出迎えてくれた。そうして、中断していた食事を再開する。

イツキさんは、よく笑った。穏やかに、けれど時々声を上げて笑う。その度ツバキは眩しいものを見るかのように眼を細めた。

ツバキは彼を壊れたと表現した。けれど、本当にそうなのだろうか。私には、閉ざされているように見える。

イツキさんの意識は、度々ぶれた。しかし、炎に持っていかれそうになっても、日本語で割り込めば意識を連れ戻すことが出来た。その度、一瞬だけ夢から覚めたような顔をする。けれど、本人にも何が夢なのか分かっていないように思えた。現と幻を、行ったり来たりしているように見える。目が覚めるように、眠りに落ちるように。どちらにも見える世界は、きっととても苦しい。

生まれ育った世界とこちらの世界。どちらも選べなかった苦しさと少しだけ似ているのかもしれないと、ふと思った。どちらを現実にするか決めかねている。選ぶことで何かが崩れ落ちる。何かを失う。それは、自分を構成する根幹の一部だと理解しているから尚更怖じる。

イツキさんが受けた傷も恐怖も、私はきっと理解出来ていない。だから、ただ選べなかっただけの私が感じた迷いと一緒にするのは失礼だ。そう分かっているのに、何故だか少し似ていると思った。

食事の間も、ツバキはふらりといなくなる。ディナストの様子を確認しているのだろう。目が覚めて鬼ごっこが再開されたら、ディナストは私を追ってくるかもしれないのだ。一応大丈夫だとの結論を出しているから私はここにいるのだが、それでも万が一でも、ディナストとイツキさんを会わせたくない。その気持ちはよく分かった。

今度は一人で、音もなく部屋から滑り出ていったツバキを視線で見送る。私と内緒話する以外にも、ツバキはとても忙しい。だって、イツキさんのお世話も、この辺一帯の警備も、全てを兼ねているのだから。

穏やかに微笑むイツキさんに視線を戻す。

[イツキさん]

[はい]

ずっと会いたいと思っていた。ずっと話したいと思っていた。聞きたいことがいっぱいあった気がしたのに、いざ会えると、何を話せばいいのか分からない。どうでもいいことはするする出てくる。井戸端会議なら幾らでも出来る。けれど大事なことは、心が必要な言葉は、全部途中で引っかかって、頑張らないと出てこない。

［私、この世界でなければあなたに会えなかったと思っています］
［……え？］
［あっちでは、会えても知らなかった。会えても会えなかった。そんな気がします。私達は、この世界だから会えたのだと、思っています。それで、この世界だからずっと会いたかったんです］
［あの、それは、どういう］
支離滅裂な私の言葉に、イツキさんは戸惑っている。
何かを言いたかった。何かを伝えたかった。何かを聞きたかった。なのに気持ちと同じで言葉もばらばらだ。でも、今しかなかった。
明日も会えるかなんて誰にも分からない。二度目がある保証なんて誰にも出来ない。そして、今しかない理由は、そんな当たり前の事実だけではなかった。
何も言わず別れる選択もある。誰の傷にもならず、誰の薬にもならず、誰の記憶にも残らない。そんな別れを選ぶ方法も確かにある。だけどそうしたくなくて、必死に気持ちを探り、言葉を固めていく。
「イツキさん。私は、こちらの世界で生存する。こちらの世界で、生活する。帰還の選択が可能でも、そう決断する」
私が選んだ言語に、イツキさんの顔から表情が滑り落ちた。
［大切な人が、いるんです。……どんな選択をしても、私はきっと後悔します。帰りたいって、ずっと思い続けます。この世界に残っても、日本に帰れても、絶対に帰りたいって思うんです。大事

なんです。どちらにいる人も大事で、どっちの生活も好きなんです。何も失わないでいられるなら、それが一番、嬉しい……」

ぎゅっと服を握りしめ、イツキさんを見つめる。表情が失せたイツキさんの目も、私を凝視していた。さっきまで浮かんでいた穏やかな微笑みは消え失せている。それでも、今までのように感情が失われているわけではない。酷く強張っている。日本語に切り替えたから聞いてくれているのだろうか。それは分からないけれど、聞いている。私の話を、真っ正面から聞いてくれている。

だったら、私が言葉を詰まらせている場合ではない。

「でも、それは無理なんです。だから私は、家族にわがままを、言おうと思うんです。勝手してごめんねって、心配かけるけどごめんねって言います。……直接謝ることも出来ないのに、甘えたいんです」

「……待って、ください。何を、あなたは一体、何を言って」

本当だ。本当に何を言っているのだろう。彼と話したかった言葉は、決して私の泣き言でも愚痴でもなかったはずなのに。

思わず苦笑する。くしゃりと歪んだ顔がどんな表情を浮かべているのか、自分では分からない。けれどイツキさんが浮かべた表情と、思わずといった風に開かれた唇で、大体予想がついた。

「邑上一樹さん、あなたと会えて嬉しかったです。この言い方は無神経かもしれませんが……この世界であなたに会えて、私は嬉しかった」

扉が音もなく開き、ツバキが滑り込んでくるのが視界の端に映った。ツバキはイツキさんの顔を見て、一瞬で敵意に満ちた視線を私へ向ける。ツバキはイツキさんを傷つける存在を絶対に許さないのだと、改めて実感した。その視線を受けて感じたものは、恐怖より安堵だった。

［あなたが幸せだったら、私は嬉しいです］

立ち上がり、小さく頭を下げる。そして、最後も視線を合わせた。会ったのはこれが初めてなのに、勝手に親しみを感じてしまう。もうずっと前から会っていたような、そんな不思議な感覚がずっとある。

［どうかお元気で］

さようなら。

この世界でたった一人、同じ世界を知っている人。同じ痛みを知っている人。同じ絶望を知っている人。

そうして、きっと、同じ幸せを見つけた人。

分かち合うことも、語り合うことすらもうできないのだろう。それを寂しいとは思わない。

だからどうか、幸せになってほしい。遠く離れても、今日初めて会った人でも、幸福を願わない理由はどこにもない。私とあなたが同じでも違っても、幸せは、誰にだって願える。

［幸せになってください］

最後に、そう告げる。

ツバキもエマさんも、彼に伝えたいのは、この言葉だと思うから。

三十八章　迷子の帰還

かつては偉い人の客間に使われていたという一室の隅で、外套を羽織って丸まる。部屋の中は、他の部屋と同じように家具が転がっていた。その隙間に潜り込む。蜘蛛の巣が張っている暖炉は、蜘蛛のほうが先住権ありそうなので退去は願えなかった。願えないというか、火を入れたら外から居場所が丸分かりなので出来なかったともいう。

埃っぽくて、蜘蛛の巣が張っていて、人の気配がない。こんな場所で眠るのは初めてだなと、今までの恵まれた境遇を思い返して、何に向ければいいか分からないがとりあえず感謝する。

今まで、使われていない部屋を見たことはあった。そういう部屋は、家具に大きな布がかぶせられていて、椅子は机の上に乗せられていることが多かった。この部屋の家具にも布があるにはあったが、家具自体が倒れているし、布は明らかに家具の数に対して少ないし、そもそもかかっていない。誰かが片付けようとして諦めたのか、片付いた後に一騒動あったのか。

この宮殿で何があったのかは分からない。逃げ惑っている間に飛び込んだ部屋には、貴金属が剥き出しで転がっていたりもした。勿論ぎょっとした。しかし、それらを平然と踏みつけて追い詰めてくるディナストには、特にぎょっとしなかった。人の命も気持ちも、平然と、それどころか嬉々として踏みつける人が、貴金属を尊重しなかったことは、特に驚くべき事柄だと思えなかった。

ぎょっとしたのは、金目の物が盗まれていなかったからだ。人の物を盗まないのは当たり前に守られなければならない倫理だが、守らない人がいることもまた当たり前と言われる常識で。何とも難しい。それはともかくとして、火事場泥棒はどこにだって存在するのだ。事故や事件にかこつけて悪事を働く輩は、どの時代にだっているし、どの世界にだっているのだ。それなのに、貴金属が無造作に転がっていた。火事場泥棒をする暇さえなかった騒動があったのだ。それがどんな騒動だったのか、壁や床に飛び散っている黒ずんだ染みが証明しているようで、深く考えるのは止めた。考えを止めるのはあまりよくないと思うけれど、荒れた部屋で一人夜を過ごすのだ。これ以上怖くなったら困る。怖いのは、ディナスト一人で充分だ。

寒い。冷えていく手足を擦り合わせ、自分の息で温める。いつディナストが起きてくるか分からない状況で、イツキさんがいる傍で眠る訳にはいかない。彼の傍に、ディナストを寄せ付けるわけにはいかなかった。ツバキが許さないとか、そんな理由ではない。私が、したくないのだ。

異なる世界で必死に生きようとしていた彼から、この世界を引き裂いたのはディナストだ。それも、最初から拒絶していた世界を引き剥がしたのではない。彼にとって大切なものとして定着しかけていたものを、もっとも酷い形で引き剥がしたのだ。その傷は、癒えていないどころか今なお焼かれ続けている。

イツキさんの寝室から出来るだけ離れた場所で、眠れそうなスペースをツバキから教えてもらった。ここなら、家具がごちゃごちゃ倒れていて見つけづらいし、尚且つ風が入ってこないから温かい。温かいといってもほかほかするわけじゃないけど、ツバキが用意してくれた毛布で下半身までしっかり包み、お尻が冷えないようにした。縮こまり、毛布で作った即席人力炬燵（こたつ）の温もりを逃がさないよう頑張る。

寒い。今までだって季節柄当然寒かった。野宿だってした。だけど、一人でこの寒さをこえるのは初めてだ。そう思うともっと寒く感じてしまい、慌てて振り払う。寂しさや恐怖は、体温もテンションも下げてしまうから頂けない。

もう一度合わせた両手に息を吐きかけ、外套を鼻下まで引っ張り上げる。首飾りを二本とも握りしめてぎゅっと目を瞑った。

イツキさんに断って中断した夕食。その時、廊下に出たツバキが言った。

石は、流水でその力を発揮するのだと。流水でなくても、水の中で揺れていたらそれでいいらしい。イツキさんがこっちに現れた時の石は、ディナストに捕えられる前に砕いてしまったと聞いてはいたけど、それまでは手元にあったのだ。その時に色々研究していたらしい。ツバキは私達をこの世界に連れてきた石を扱える。原理は分かっていないが、作動方法を知っていた。

溜息をつき、レールが壊れて傾いた分厚いカーテンの隙間から空を見上げる。地上が明るすぎて、目的のものを見つけられない。

もう一つの条件は月だと、ツバキは言った。

十年前にイツキさんが現れた時は新月だったそうだ。私が二回目に現れた晩、あの日は満月だったらしい。私が消えた晩はどうだっただろうと記憶を辿れば、確か、満月だった。月明かりで明るいなと思いながら、終戦に沸き立つみんなの間を歩いた記憶がある。

新月と満月の日に石の力が強くなるとツバキは言った。

次の満月は、明日だとも。

日付は変わったのだろうか。

私達が現れた時間を考えると、月が見えていようが見えていまいが関係ない。明後日か明日、ツバキは、イツキさんを日本に帰すつもりだ。

［もう、今日かな］

どうすると聞かれた。だから、私の分はいらないと、言った。

答えは、渡した。渡した結果に後悔はない。後悔はしてないけれど、つらい。つらいけど、後悔してない。

毛布の甲羅に首を竦め、亀のように引っ込む。縮こまった膝の上に額を擦りつける。そうしたら少しだけ温かい。冷たいより温かいほうが泣きそうにならずに済むと思ったのに、気が緩むせいか、余計に鼻の奥が痛くなってしまった。

あのね、お母さん。あのね、私、好きな人がいるんだよ。

頭の中で、手紙を書く。届かないだけではなく、どこにも残らない手紙を。

ねえ、お母さん。私の好きな人がね、私を好きになってくれたの。それで、信じられないだろうけど、婚約したんだよ。結婚の約束だよ凄いよね。もう、すっごい大好きで、一緒にいたらいつも以上に馬鹿やっちゃうのに、可愛いって馬鹿なこと言うんだよ。ルーナ凄いよね。眼科いったほうがいいよね。それでね、お母さん。ねえ、お母さん。友達も出来たんだよ。親友だっているんだよ。それでね、ママにだってなっちゃたし、熊だって至近距離で見ちゃったよ。

それで、それでね、お母さん。

寒いよ、お母さん。寒いし、暗いし、怖いし、埃っぽいし、蜘蛛いるし、さっきあっち走ってったの鼠だし、明日、また追いかけられるし。何度もぽいぽい倒されるけど、あれ痛いんだよ、お母さん。今のところちゃんとルール守ってるけど、たぶん、あの人が怒った瞬間、私殺されるんだよ。伽につきあえとか言ってたけど、あれ絶対ルーナを怒らせてその瞳の色を見ようとしただけで、私自体は殺す気満々だよ。だって一回は滝に落とされたし。この宮殿、逃げ回ってたら、あっちこっちに黒い染みがあったんだよ。枯れた花がいっぱいの庭に、いっぱい、いっぱい、土が盛られてるんだよ。

［お母さんっ……］

ねえ、お母さん。あのね、お母さん。

好きな人がいるんだよ。好きな人達がいるんだよ。

でも、いまはここにいないんだよ。もう会えないなんて思いたくないけど、大変なんだよ。いい人も優しい人もいっぱいで、皆に助けてもらって笑ってるよ。でも、結構、きついこともあって、きつい人もいて、あんまり知らないけど怖い人もいて。知らない間に知らない事が罪になってて、しんどいことも、いっぱいあるよ。

お母さん大好きだよ。お姉ちゃん達も、お父さんも大好きだよ、会いたいよ。そっちの全部を捨てたくないよ。

でも、私はもう、選んだんだよ。

会いたいよ、捨てたくないよ。同じくらい、こっちの皆にもそう思うんだよ。大好きだよ。ずっと一緒にいたかったよ。

そう、どっちにも、思う。

でも、もう、離れたくないんだよ。ルーナといたいんだよ。ルーナと生きていきたいんだよ。もうルーナを泣かせたくないいし、待たせたくないいし、今まで悲しませた分を塗り替えられるくらい、いっぱい、いっぱい楽しいことしたいんだよ。一緒に買い物だって行きたい。ルーナの服を選んでみたい。ルーナの私服ってあんまり見たことないんだよ。だって、基本的に隊服だったし、こっちじゃ用意してもらうか、調達できた服を着る感じだったから。いろんな服を着たルーナを見たい。ルーナにも選んでもらえないかな。無茶ぶりかな。ルーナってどんなタイプの服が好きなのかな。ナース服だったらどうしようね。

ルーナと食べ歩きとかもしてみたいんだ。手を繋いだり、腕組んで店を見て回って、美味しいものいっぱい食べたい。犬見て可愛いって言って、猫見て可愛いって言って、雲見て形当てクイズしたい。クッションの柄、悩みたい。カーテンの柄、悩みたい。コップ、お揃いのにしたいって言ったら、付き合ってくれるかな。

ルーナと生活したいんだよ。どこかに行くことを前提としないで、離れる恐怖に追いかけられずに、明日も会えることが当たり前の日々を日常だって、言いたいんだよ。

喧嘩だってしたい。仲直りしたい。もっと笑いたい。もっと、もっと、もっと、笑ってほしい。

［……ごめん、お父さん、お母さん。千紗姉、美紗姉、亜紗姉、ごめん、ごめんね］

帰らない。帰れないじゃなくて、帰らない。

捨てたとは、言いたくない。思いたくない。けれど手放す。偶然そうなったのではなく、訳も分からず突き落とされたのではなく、私の手で、握りしめていた大切なものを解く。決して開くつもりのなかった手を離し、永久に繋がっていると信じて疑っていなかった拠所を置いていく。

今まで貰った恩を何一つ返さず、全てを投げ出して行く私を、許さないでくれていい。ずっと怒ってください。ずっと、かんかんに怒ってください。でも、ごめん。お願いだから、忘れないで。

[ごめんなさい、ごめんなさ、ごめんなさいっ……]

みんな大好き。いつまでも大好き。いつまでだって、愛してる。

出来るなら、叶うなら、大好きな人達を紹介したかった。どっちの世界でも、この人達が私の大事な人達なんだと胸を張って言いたかった。会ってほしかった。でも、それは無理だから。

寒いよ、お母さん。寂しいよ、お父さん。

でも、千紗姉。私頑張るから、見てて美紗姉。絶対に、最後まで笑って生きてみせるから、馬鹿だなって怒って亜紗姉。絶対に、選んだことを後悔したりしないから。

ごめんなさい。本当にごめんなさい。

さようなら。

私が生まれて初めて愛した人達の名は、家族だった。

◇

ルーナは温かい。抱きしめても抱きしめられても温かい。声も温かい。瞳も、偶に凄まじく怖いけど、私を見る瞳は温かい。

そのルーナが手招きしてくれて、嬉しくなって走り出す。広げてくれた両手に思いっきり飛びついたら、抱きしめられたままくるくると回った。ルーナメリーゴーランドは楽しい。昔はルーナがティエンにしてもらって……されていたけど、あれはメリーゴーランドじゃなくてジェットコースターの類だった。

くるくる回る視界の中に呆れ顔のアリスちゃんがいる。隊長もティエンもイヴァルもお爺ちゃん先生もいる。エレナさんとリリィとスヤマ(仮)がお菓子作っ……炭作ってる！　いいなぁ、私も混ぜてほしいなぁ。エマさんとイツキさんが手を繋いでいて、ツバキが影から花を降らしてる。混ざればいいのに。

シャルンさんがナクタを追いかけて転んでる。ユアンとユリンがなんか喧嘩してる。大人双子もなんか喧嘩してる。ダブル王子様も喧嘩してるけど、ラヴァエル様が腕組んで大笑いしてる。ロジウさんは頭抱えてる。王女様達は一冊の本を挟んで真剣に話しこんでいて、無表情のアマリアさんと、王女様達に負けない勢いのアニタが混ざっている。

そして私は、その様子をルーナと手を繋いでお母さん達に説明するのだ。あれが隊長でね、髪の毛は最後の一本私の所為で無くなっちゃったそうですと。そうしたら、お母さんはあんたまた馬鹿で人様にご迷惑おかけしてって怒って、お詫びの菓子折りどこのがいいかしらってお財布持って、お父さんはティエンの筋肉に憧れながら誰かとキャッチボールしたそうにそわそわして、千紗姉は菓子折りの種類をお母さんと相談してて、美紗姉はあんたこの中で誰が好みって私を突っついてきて、亜紗姉は皆の髪の毛は染めてるのかどうなのかに興味津々だ。

これは夢だ。

分かっている。こんなこと有り得ない。

でも、幸せで、夢だなんて無粋なことを言ってしゃぼん玉みたいに割れちゃうのが嫌で、誤魔化して笑う。誤魔化さなくても、幸せすぎて勝手に笑ってしまうのだ。

ああ、夢だけど、夢だと分かっているけどもう少しだけ見ていちゃ駄目かな。もう少しだけ、叶わない夢に浸っていたい。だってこれは、最初からあり得ないと分かっていて、何より、私が手放した夢なのだから。

けれど。

どちゃり。

鈍い、奇妙な音がして、しゃぼん玉は弾けた。

ごろごろと転がってくるそれを、寝起きの視線がぼんやりと追う。思考もぼんやりしたままで、自分が見ているものがうまく認識出来なかった。あるいはそれは、ある種の防衛本能だったのかもしれない。

床にごろりと転がる虚ろな目と視線が合ったと同時に、思考が一気に動き出した。噎せ返る鉄錆びの臭いに、反射的に口と鼻を押さえる。毛布が落ち、この場にとどめられていた温もりが霧散していくが、拾い直す行為を思いつきもしなかった。がたがた震えながら自分の顔面を押さえつける私の手を、誰かが掴んだ。

「お前の恐怖は、どんな色だ？」

えげつない笑顔を浮かべて覗き込んできたディナストの向こう側には、首のない男が倒れている。さっきまで繋がっていたはずのそこから噴き出す赤が、宮殿中で見かけた黒い染みを作っていく。

理解したくもないのに、思考がゆっくりゆっくりと回り始める。

じゃあ、さっき目が合ったあれは。

喉の奥が裏返りそうな私の悲鳴を聞きながら、ああ、いい色だと、ディナストは満足げに笑った。

◇

これが夢なら、早く覚めてほしい。でも、この悪夢は現実だ。あの時のように悪夢から救ってくれるルーナも、ここにはいない。

目が覚めても続く悪夢を、人は地獄と呼ぶのだ。

自分が発しているとは思えない悲鳴が喉の奥から湧き上がる。

「いや、嫌だ、嫌だぁ！　放して！　放して放して放してぇ！」

後ろから抱きこむように両腕を握られて押されていく。自分の腕が痛むなんて全く考えられず、闇雲に身を捩ってもびくともしない。踏ん張ろうとする足が、水より粘性のある液体で滑っていく。そのねちゃりとした感覚に足元から怖気が駆け上がり、余計にパニックになる。

「放して、嫌だ、放してぇ！」

どれだけ人の気配が薄かろうと、宮殿にいたのは私達だけじゃない。最後までディナストについていた人が数十人は残っていた。

なのに、その人達の死体が廊下を埋め尽くす。身体中の血を噴出させて、辺り一面血の海と化している。噎せ返るような鉄錆びの臭いに満ちていた。嫌だ、噎せたくない。噎せたらその分吸わなくちゃいけなくなる。この臭いを体内に取り込みたくない。鼻を、口を通したくない。

絨毯が吸いきれなくなった血は、体重を乗せる度にぐちゃりと染み出してきた。その上をディナストが私を歩かせる。

「嫌だ、いやぁあああ！」

吸い込みたくないのに、全身を蝕む恐怖を止められずに悲鳴が飛び出していく。進みたくもない。恐怖や怒りや悲しみや、そんな感情が全部ぐちゃぐちゃに混ざり合い、思考までもが真っ赤に染まる。泣き叫ぶ私を楽しげに見下ろしたディナストは、服の裾が真っ赤に染まるのも構わずどんどん歩を進めていく。進みたくなくて必死に背中を押し付ける。私の背中にお腹が当たるこの人が、これをした人だと分かっているけれど、彼との距離を取るよりこの道を進みたくない。

「昨夜正門が破られた。あの勢いなら日没にはここに到達するだろう。思ったより保たなかったなぁ。眠ったのは勿体なかったか。ここまで大幅に予測が外れたのは初めてだ。壊れ方を見るに、バクダンを落とす前に投擲手を射ったな、あれは。上から壊れていたからなぁ。夜なのに鷹の眼を持った奴がいたとは、見事というべきか。さて、そんな腕があれば名を聞いたことくらいありそうだが。夜にそれだけ正確な矢を打てる人間など、魔性の類いと呼ばれてもおかしくない。しかし俺は知らんなぁ。そんな面白そうな奴を見過ごしていたとなると些か業腹だ。さてはお前の男か？」

一人で楽しげに話しているディナストの言葉を認識できない。

生命の象徴である赤がこんなにも溢れているのに、ここにあるのは死だけだ。未だ血を流す身体が血の海で溺れている。命は尽きても、きっとまだ温もりがあるのだろうと思える肌の色を赤に染めて沈んでいく。

死んでいる。死んでいく。命が流れて生が散っていく。

「嫌だ、ルーナ！　ルーナぁ！」

ここにいるのは最後まで残った人達だ。逃げ出すわけでもなく、最後を好きにしろと言われてもディナストの世話をしていた人達だった。彼が着ている服が綺麗なのは、彼らが用意したから。彼が眠った寝台の用意だって、彼らがしていたのだ。

靴底から伝わってくるぬめりのある感触に耐えられず、ディナストの足を踏みつける。全体重を乗せたのに、ディナストはそのまま進んでしまう。

「ははっ！　父親の足に身体を乗せて運ばれている幼子の遊戯を見たことがあったが、よもや俺がその真似事をしようとはなぁ」

意に介さず進んでいくディナストが声を上げて笑う振動に揺られながら、血の海を進む。前方から赤を飛び散らせながら、十人ほどの人達が現れた。
「ああ、終わったか」
「はい。他に御用はございませんか？　殺したら終わりですから、ちゃんと最後か考えてください
よ？　流石に首が飛んだ後に御用を承ることは出来ませんからね」
「道理だ。そうだな、とりあえずこれを持っていろ」
状況にそぐわない軽口の応酬に眩暈（めまい）がする。血の海の中、昨日まで、もしかしたらついさっきま
で話をしていた相手が事切れていく。それなのに、『普通』がここにある。『普通』がここまで異質
で異様な場所があるだなんて、知らなかった。
いま、私はどこにいるのだろう。私が見ている景色と、彼らが見ている景色は同じなのだろうか。
壁まで染め上げるこの赤は、本当は錆なのだろうか。だから、こんなに脅える必要なんてなくて、
ただの整備不良とか手入れ不足とか、そんな。
これ、と、示された私の腕が、最初に頭を下げた人に渡される。私の首が人形みたいにがくりと
動く。振り払って逃げなきゃいけないのに、身体も頭もうまく動かない。自分の身体じゃないみた
いだ。これが現実だとうまく認識できないのは、動かせない身体の所為もあったのかもしれない。
腕を曲げる場所が分からない。足を動かす力が分からない。普段は無意識に行っているはずの呼吸
さえ、意識しなければ止まってしまいそうだった。
「よし、ではいくか」
「外さないでくださいよ？　あなた、変に横着するときがあるんですから」

「ははっ！」

すらりと抜かれた剣が、下げられた頭に叩き落とされる。ごとりと重たい、命の音が響いた。

「無抵抗のお前達相手に苦痛を与えるほど鈍ってはいないぞ」

「それを聞いて安堵致しました。あなたにお仕え出来ましたこと、大変楽しゅうございました」

「よく務めた。俺も楽しかったぞ。ではな」

目の前で何が起こっているのか分からない。ただ終わっていく。その瞬間を次々見せつけられる。マジックテープで止められた玩具の人参を、オモチャの包丁でストンと割るように。簡単に。なのに、音が、臭いが、赤が。玩具ではないと。命が絶たれていくのだと、絶叫を浴びるより明確に叩きつけてくる。

ここで死んでいく人が誰か分からない。分からないのにその死が苦しい。無関係の他人だからと無関心でいたいのに、死が、重い。重すぎる。そして、ひたすらに、怖い。重いから怖いのか。怖いから重いのか。分からない。理解できない。だが死は怖い。それが齎された死なら尚のこと。

うまく理解できないのに、重さだけが増していく。

「お前で最後だ」

「はい」

私の手が荷物みたいに渡された。再びディナストに渡った両手は一括りに片手で纏められ、後ろから抱えられる。私を渡した人は、軽く振られている剣を握ったディナストの手を見た。

「片手でいけますか？」

「いけなかったら精々苦しめ」

「嫌ですよ。じゃあ、心の臓にします？」

いろんな怨嗟を見た。いろんな憎悪を見た。

私に向かってきたものから、私を通り過ぎていくものまで、いろんな嘆きを見てきた。なのに、それを生み出した人達が終わっていく様は、どうしてこんなに穏やかなのだ。負けたと悔しがることも、叶わなかったと憤ることも、誰かの所為でと罵り合うこともない。なんて穏やかで、満ち足りた顔をしているのだ。

　転がる死が、途絶える生が。からりと満足げに終わっていく。

「皇子」

「ああ」

「面白かったです」

「そうか」

「ええ」

　そうしてまた一つ、酷く穏やかな終わりが訪れた。

　分からない。何を分かりたいのかも分からない。

　罪を贖えと、人々は言った。では、この人達は贖ったのだろうか。こんなにも幸せな顔をして死んでいったこの人達のこれは、贖いだったのだろうか。どう見たって罰には見えない。だって、こんなにも、穏やかだ。この死は苦しみではない。じゃあ、この人達は悪ではなかった？　だから罰せられなかった？

苦しむ人間が受けているのは、苦しいから罰で、だからその人間が悪なのか？

分からない。皆が泣いた。誰もが苦しんだ。叫んで、押しつけて、罵り、悔やみ、急速に変わりゆく世界に恐れながらも先を探した。

苦しいから罪なのか。楽しんだ彼らが正義なのか。善は尊ばれ、悪は罰せられるべきで、だから、彼等は死んで、穏やかに、面白かったと笑顔で死んで、その様は幸福で。幸福とは尊ばれるべきものので、ならば善なのか。善悪とは誰が、何が、判じるのか。

罰は、贖いは。誰が。どこに。罪の重さに怯まないのは、贖う気がないからだ。だけど、そんなの、それならば、嘆きはどこへいく。どこへいけばいいのだ。嘆きは必ず報われなければならない訳ではないのだろう。けれど、嘆きを生んだ先が贖う気がなくて、最初から嘆きを放り捨て、それどころか受け取る気も気にかけるつもりないのなら、贖いとは一体何なのだ。

噎せ返る血の臭いの中で、思考が染まり、真っ赤に真っ赤に回る。

分からない。何が罰せられるべきで正しくあるべきで贖うべきで悪は悪であるべきで正義は正義であるべきでだからここは真っ赤であるべきで何をどうすべきでどうあるべきでだから人は死ぬべきでこうして死んでいくべきでだからこんなにも幸せそうであるべきでべきでべきでべきで。

贖うべきだと、人々は私に言った。贖いとは、こんなにも幸せに死ぬことなのですか。

常識が、道理が、理屈が、分からない。何がすべきで、何をすべきで、何が正しくて間違っているのか。誰が正しくて間違っているのか、分からない。いや、そうだったらもっと簡単だったのだろう。

誰も、正しくなかったら？　誰も、間違っていなかったら？

誰もが正しかったら？　誰もが間違っていたら？

こうあるべきだという言葉は、こうあってほしいというただの願望であるのだとしたら？

分からない。私が英雄なら分かったのだろうか。賢者なら分かったのだろうか。救世主なら、ヒーローなら、女神なら。私が私ではなかったら分かったのだろうか。

今の私に分かるのは、確実に終わる手段として、死は有効なのだろうなぁとぼんやりと浮かんだことだけだった。

血の海を抜けてもその臭いが纏わりつく。その死が纏わりついて、足が絡まる。

大きな音がした。酷く近いその音に、虚ろになった意識が緩慢に引き寄せられる。渡り廊下が崩れていく。その先にあった建物でも、あちこちで爆発が起こった。凄まじい勢いで噴き出した黒煙と土埃が、ただでさえ同じもので埋まった空に合流していく。

「殺すなとは言っておいたが、さあて、あいつら最後の仕事はどうだろうな」

あの建物の先には何があった？

虚ろに漂う思考が、その答えを引き寄せる。

柔らかい笑顔が。その笑顔を見て流された涙が。荒廃した中、唯一温かに保たれていた空間が。

血の臭いが充満する思考の中浮かぶ。

「イツキ、さん……」

爆炎と土煙が噴き上がる中を、誰かが駆け出してくる。もうこの場に残っている人間など、私達の他には二人しかいない。

よろめく人の手を必死に引き、ツバキがこっちを睨み付けた。言葉よりも雄弁に、憤怒を宿したその瞳が私を見た瞬間、酷く痛い顔をした。私、いま、どんな顔をしているんだろう。彼が支えているイツキさんのように、恐怖より虚ろが勝る顔をしているんだろうか。

分からない。分からないことが、救いにもならない。

血の臭いが濃くて、視界まで霞む。世界が赤い。視界も思考も音も臭いも、何もかも。

ツバキに手を引かれていたイツキさんの膝が折れた。虚ろな瞳で、燃え上がる世界を見上げている。恐慌を起こして叫ぶことはない。叫ぶ気力すら残っていないのか、何かを呟きながら火を眺めていた。心が止まっている。止まらなければ壊れてしまう。壊れても、世界は止まらないのに。

「ディナストっ！」

剣を抜き放ったツバキを前に、血塗れの剣が血を払う。私の手はようやく離された。もうほとんど座り込んでいた身体が完全に地面へ落ちる。遅れて、離された手も降ってきた。地面に落ちた私の手に小石が刺さったのに、痛みは感じなかった。不思議と、私を視界の端に収めたツバキが悔しげに歯噛みする。

私もイツキさんも、虚ろに感情を散らすだけで何もできない。

「長い間、忠義なことだ。忠犬とは哀れなものだなぁ、ツバキ。恩を忘れる駄犬のほうがよほど生きやすかろうに」

「……俺は、狼にはなれない。俺は犬だ。イツキ様にもらった恩を忘れるくらいなら、世界を呪ったほうがましだ！」

斬りかかったツバキの剣は早い。だけど、何故か、ああ駄目だと思った。だって、きっと。

ツバキのほうが強かったのなら、彼はもうとっくに、ディナストを殺していただろう。

ぎぃんと鋭い音が響き、ぐるぐると剣が回って遠くに落ちた。ツバキの剣を絡めて捥ぎ取ったディナストが振り上げた手から、赤が滴り落ちてくる。

「ここらにも埋めておいたが、さあて、姉上が上がってくるのが先か、火の粉が移って我らが吹き飛ぶのが先か。どう思う？」

「お前っ、いい加減に！」

短剣を構えて立ち上がったツバキの後ろで、イツキさんが座り込んでいる。その手に抱えているのは瓶だ。炎を映してオレンジ色に揺れている水の中では、あの石がぼんやりと光っている。

ディナストの眼がイツキさんを向こうとしているのに気付いて、その裾を咄嗟に引く。

「………どう、して、イツキさん、なの」

「何だ？」

視線が私を向いた。そのまま、私を見ていて。お願いだから、もうイツキさんを見ないで。

あまり早く動かない思考が、恐怖を覚えるより先に思ったことを行動していた。イツキさんを見ないで。あ、でもやだ。私も見ないで。頬から落ちる血が怖い。

「何故、それほどまでに、イツキさん、なの」

何年も、何年も、正気を保てなくなってからも、何故イツキさんを捕え続けるのだ。あれだけ平然と人を殺していく男が何故、イツキさんだけ手元に置き続けるのだ。

異世界人だから？　それでも、私はあっさり滝へ落としてしまえたじゃないか。惜しいかなと言っていたくらいで、あっさりと。そんなに異世界人を研究したいなら、異世界人の眼に映った色を見たいなら、落とす前に幾らでも絶望させられたはずだ。なのにディナストは、あの晩も忙しいからと姿を現すことはなかった。そうして特に惜しむことなく、私を滝へと処分した。

それは、もう知っていたからではないのか。異世界人であろうと、感情でその瞳に宿す色は、こっちの世界の人と変わらなかったのではないのだろうか。だって同じ人間だ。生まれた世界が違うだけで、同じ人間なのだ。

魔法があるわけでも、知らない生き物がいるわけでも、向こうではあり得ない植物が生えているわけでもなく。空は空で、地面は地面で、犬は犬で、人は人で。文化や文明が違って、辿ってきた歴史が違って。それだけの違いだ。異国人と大差ない違いでしかない。

じゃあ、どうしてイツキさんを捕え続けたの。死の恐怖の色だって、もう、見たはずだ。脅え続けるイツキさんの眼にその色が浮かばなかったはずがない。じゃあ、何なのだ。どうして、捕え続ける。

「あなたは、何を、見たかったの。本当に、見たかったは、憎悪？」

もう充分見たんじゃないの。自分で言ったじゃないか。その色が一番美しいと。だったら、まだ、何を見たいの。誰の、何を見たいの。

爆音が上がってくる。後ろからも爆炎が吹きあがる。ここを衛星写真とかで見たら、拡大に拡大を重ねないと建物なんて見えもしないだろう。でも今ここにいると、まるで世界の全てが燃えているように見えた。世界にはこれしかないのだと、馬鹿げていると分かっているのにそう錯覚してしまう。

見上げた空は黒く覆われていて月が見えない。どっちにしても昼間だから見えないだろう。でもきっと、夜も地上が明るいし、煙いし、見えないよ。月も世界も、見えないよ。

泣き叫びたい。怖いよ痛いよ嫌だよと。だけど声も涙も出ない。……違う。本当は泣き叫びたいわけじゃない。今のままでいたくないだけだ。ここにいたくないだけだ。死は有効で、死んでしまえば穏やかだと見せつけられた。まだ霞がかった思考が、ぼんやりと揺れる。

だけど、それはいけないことだと、私の中の何かが叫ぶから。それを選ばないように何とかしたいのに、私の心と身体は全く言うことを聞いてくれない。せめて声を上げて自分を鼓舞したいのに、我武者羅に腕振り回して駆け出したいのに。喉の奥で詰まった声が大声を拒み、震えが動きを途絶えさせる。

泣きたい。会いたい。叫びたい。会いたい。駆け出したい。会いたい。

ルーナに、会いたい。結局私は、いつだってルーナに会いたい。

いつもと変わらない思考に辿り着いて、ようやく手に力が入った。情けない。ルーナがいないと立てないのか。違う。ルーナがいなくても立てる。そうじゃなくてはルーナに助けてもらうばかりじゃないか。

刺さった小石ごとぐっと手を握りしめる。痛い。今度はちゃんと痛い。

痛みに意識を集中して、恐怖を叩き出す。今度こそ力を篭めて顔を上げると同時に、ずっと聞きたかった声が耳に飛び込んできた。

「カズキ！」

信じられない声に、反射的に振り向く。同時にディナストが動いた。

指程の細さの刃物を投げつけた先で、火花が散り、地面が捲れ上がる。爆弾が埋まっているのだと、先程の言葉を思い出すと同時に、世界が弾け飛んだ。凄まじい音は分厚い膜となって湾曲する。咄嗟に眼を瞑って耳を塞ぐ。吹き上がった噴煙で閉ざされた世界と同じく、音が覆われて、まるで水の中にいるみたいだ。あと少し塞ぐのが遅れていれば、鼓膜が破れていたかもしれない。

煙が晴れていく先で、ユアンを背後にかばったルーナとアリスがマントで顔を覆っていた。ほっと全身の力が抜ける。距離があったのか、距離を取れたのかは分からないけど、無事でよかった。

「カズキ！」

「ルーナ……」

煤けたマントの裾は千切れ、怪我なのか汚れなのかも分からない皆の惨状をぼんやり見つめる。会いたい思いで復活した心が、突然叶った願いと、その無事で呆けてしまった。そんな私を見て、ルーナは静かに頷いた。

「生きてるな」

「ルーナ」

「なら、それでいい！」

強い水色が炎を打ち消す。赤を塗り潰して、世界が帰ってくる。

死が有効であろうと、死にたくない理由が、私にはあるのだ。それが幸せなことだと思えている内は、死んでいく人達の顔がどれだけ幸せそうでも飲まれてはいけない。

「な、何事もされてはおらぬよ——⁉」

ぐわっと戻ってきた感情で一番に伝えてしまったのはそれだった。ルーナ大好きと伝えるべきだった気がする。

「まだ、終わってはいないぞ！」

血の底から噴き上がるマグマのように煮えたぎる魂の怒声に、ルーナとアリスが向きを変えた。巨体を赤く燃えたぎらせた男が咆哮(ほうこう)を上げる。赤いのは比喩じゃない。だからこそ、喉が引き攣った。

「ひっ！」

血の海が蘇る。だけど、この赤は違う。炎がヌアブロウの身体を纏っている。なのに男は、燃えながらも歓喜の声を上げて剣を振るう。

「もう、終わりだ。もうやめろ、ヌアブロウ！」

「終わらぬさ！　命尽きるその時まで、戦士とは戦士であり続けるのだからな！」

「貴様には本国に妻子がいたではないか！」

「生きていく上で必要な金銭は与えただろう！　女子供など、戦場には必要ない！　戦場とは、戦士の為だけの神聖なる儀式の場だ！」

「……ならば、私は戦士にはなれぬ！　私もルーナも、騎士であるのだからな！」

振りかぶられた剣を避け、アリスはそのまま右に逸れる。さっきまでアリスがいた場所にルーナが滑り込む。最初の対象者を見失ったことで、ヌアブロウの剣が一瞬ぶれた。

「逃げるか、アリスローク！　アードルゲの名が泣くぞ！」

「戦場は、儀式の場などではない。あれはただ、国民もろとも国の財産を消耗するだけの場だ。そんなことも、お前は分からなくなっていたのか」

アリスが悲しげに首を振る。かつては彼を率いた人だった。ずっと、隊長と呼んだ人だった。だけど、アリスはもう、彼をそう呼ばない。

ルーナが燃える剣を受け止める。

「貴様も、随分つまらぬ男に成り下がったな、ルーナ・ホーネルト。戦う為だけに生きた貴様の美しさといったらなかったぞ！」

「お前は戦いに意味を見出した。俺達には、戦う理由が意味だった。それが違いだ、ヌアブロウ」

「だからこそ、相容れぬ！」

刃物が鈍く重く擦れ合う音が、爆音に飲まれず響き渡る。

剣が折れたのは、ヌアブロウだった。

砕け散った剣の破片が炎を弾き、きらきらと光る。その破片の中で、満足げな顔をした男が倒れていく。死んでいく彼らはやっぱり幸せそうだ。生き残ったルーナもアリスも、あんなに苦しそうなのに。
　首を小さく振り、視線を外したルーナ達が走り出そうとした先が爆発する。私は、まだ何本もの細い刃を構えているディナストから離れて、イッキさんに駆け寄った。走れる。そう、私は走れるのだ。
　だって生きているのだから。生きていて、大切な人達がいて。その人達の悲しみが悲しいから、だから、私は走るのだ。
［イツキさん！］
　何も映していなかった瞳がびくりと跳ねた。私の身体にべったりと張り付いた赤い色を見て、自分の身体を抱きしめて震えだす。慌てて切り離せる部分の服を剥ぐ。対ディナスト用に着せてもらった服がここで非常に便利だったのは皮肉だ。一番血に触れた靴も脱ぎ捨てて、イツキさんと向き合う。
［赤が、たくさん、で。だから、僕が悪くて、それで、赤が］
［イツキさん！］
［赤い、色が、消えないんです］
　お願い、聞いて。帰ってしまう前に、お願いだから、聞いて。
［イツキさん、あなたが探している赤は、どんな赤ですか］
［赤、が］
　その眼が炎と血だけを映していて、乱暴に頬を掴んで視線を変える。彼へ届く言葉をいま喋れる

人間は、私しかいない。

お願い気づいて。私のことなんて覚えなくていい。話したそばから忘れてくれたって構わない。言葉も、聞こえないならそれでいい。それでも、届いてほしいものがあった。

他でもない、彼らの為に。

［私は、たぶん、表面的なことしか分かってませんし、怖いっていっても、あなたの見てきたものからしたらたかが知れている程度でしょう！　でも、血は怖いです！　炎も、怖いです！　でも私は、あなたの傍でずっと泣いてる赤を知っています。あなたがつけた名前を支えに、あなたを呼び続ける赤を知っています。イツキさん、あなたが赤い花の名前をあげたんですよ⁉　だから、だからイツキさん、お願いですから、彼だけは、見てあげてください。あなたがあげた名前を宝物にしている人を、見つけてあげてくださいっ！」

私が無理やり向けた視線の先で、ツバキがディナストに短剣を振りかぶり蹴り飛ばされた。地面に落ちると同時に身を低くして駆けていく。何度も何度も、血を撒き散らしながら咆哮を上げて向かっている。

ここはイツキさんの歴史だ。イツキさんと繋がった時間で、イツキさんが、イツキさんを、愛した縁だ。

私は何の為にここにいるんだろう。意味なんて、ないのかもしれない。別に私じゃなくてもよかったのかもしれない。私もイツキさんも、選ばれてここにいるわけじゃない。この世界に来たのも、この世界で生きたのも。

それでも、いまここにいるのが私なら、私は、私が出来ることをしたい。意味なんてなくていい。意味なんていらない。人の願いに、理由なんていらないのだ。
［イツキさん！］
見開かれた瞳が見ている赤は、どれだろうか。流れる血？　噴き上がる炎？
それとも。
［あなたがあげた花ですよ！］
この世界にはない物。誰も見たことがない花。その花の名を、泣きながら両手で握りしめている子どもを、その心を。どうか、置いていかないで。
［赤……い、花］
滴が、頬についた煤を洗い流していく。呆然とした雫は、地面に散って、光となった。
霧雨より大粒で、嵐よりも静かな涙が、止めどなく滑り落ちていく。
［お婆ちゃんちの庭に、咲いていたんです］
［…………は、い］
［今はもう、お婆ちゃんが死んで、家も、庭も、なくなったけど、僕、それが、凄く、好きで］
［はい、イツキさん］
ルーナ達は、どこに埋まっているのか分からない爆弾を警戒して近づけないでいる。でも、既に爆発したところなら大丈夫だ。抉(えぐ)れた土の上を走り抜け、少しずつ距離を縮めていく。いつの間にか、たくさんの兵士がこの場に現れていた。

その中で、汚れて尚、まるで月のように美しい銀髪を靡かせる人がいる。

こんな先陣を切っていいんですか、エマさん。ああ、でも、これだけばらばらになったものを纏め上げる為には、目に見える戦いを見せる必要があるのかもしれない。私達を捕まえたガリザ兵も言っていた。

目に見える形での、目に見える終わりをと。

人は色々考える。考えるけど、色々ぐちゃぐちゃになってる時は、分かりやすい形が必要だ。だって多くの人にとって、色々考えられるのは落ち着いてからなのだ。

エマさんと目が合っている気がする。でも、たぶん違う。エマさんが見ているのは、エマさんと同じように彼女へ釘付けになっている、私の隣にいる人だ。

ぶるぶると震える手が私の手を握った。私も握り返す。お互いがたがた震えているから、おあいこですね、イツキさん。

絶対に解けないよう、無理矢理にでも解かれてしまわぬよう、固く固く握り合う。まるで、縋れるものは互いだけであるかのようだ。正しくはない。けれど間違ってもいない。

私達には、この世界で繋がった縁が確かにある。けれど、私達はどこまでいっても私達だけだ。過ごした時間は少なくて、交わした言葉も数えるほど。それでも、私達には私達だけ。私達しかいないのだ。

[……あなたは、血を分けた人間が誰もいないこの世界を、愛せますか？]

[心を分けた人がたくさんいます。何もなかった私に、心を分けてくれた人が、たくさんいます。

私はそれが、とても、嬉しいんです」

「……世界は、愛せませんか？」

困ったように眉根を下げるイツキさんに同じ顔を返す。私達は額を合わせて苦笑する。煤で汚れた身体は、互いに冷え切っていた。

この世界を大好きと叫ぶには、少々、厳しかった。

でも、好きなのだ。

全員じゃない。出会った全てとは言えない。でも、好き。その感情は、私達の中で同居できる。だって私達は、選択をできるくらい、あの人達が大好きなのだ。

「カズキ！」

大回りして回り込んできたルーナ達の背中でディナストが見えなくなる。腕を押さえてよろめきながら戻ってきたツバキは、へたり込んだままの私とイツキさんの前へ素早くしゃがみ込んだ。

「イツキ様、お怪我は⁉」

怪我を確認しようにも触れることを躊躇っているツバキの手が、逆に取られる。かつてはすっぽり包み込めていたであろう手は、今ではツバキのほうが大きい。それでも、イツキさんの手はツバキの手を柔らかく包んでいた。

「……お前のほうが、傷だらけじゃないか」

「……………………え？」

ぎこちなく、イツキさんの口元が笑みの形を作っていく。自然と笑うには、強張っているのだろう。でも、笑いたいのだ。

「僕は、お前を、見つけられたかな」

「イツキ、様」

目の前で涙を流す子どもの為に、笑ってあげたいのだ。

「ツバキ」

「っ」

迷子の子どもの、言葉にならない絶叫が聞こえた気がした。


彼らの再会を見届け、私は私の再会を果たす。あちこち煤け、汚れ、血が滲んでいる人達の視線は、微妙な色を纏って私を通り過ぎていた。いや、ルーナだけは私を上から下まで見て怪我がないか確認している。ここまで元気に走っていたのだから、大きな怪我はないと分かっているだろうに、ルーナは心配性だ。

「…………………………訛(なま)りすら、ほとんどないな」

「…………た、滞在期間が、違われると、思われるよ！」

ぼそりと呟いたアリスに慌てて言い訳する。

「……カズキ、俺、たぶんそういう問題じゃないって思う」

「……やはり？」

言いづらそうに口籠ったけど結局言ったユアンに恐る恐る尋ねる。神妙に頷かれた。やっぱりですか。私も薄々はそう感じていました。

　ぐるりとルーナを向き直る。

「ルーナ！　馬鹿はお嫌いですか！」

「大好きだ」

「ありがとう、私なるもルーナ大好き！　アリス、ユアン！　問題なかったよ！」

　ぐるりとアリスとユアンに向き直る。

　二人の眼が馬鹿って言ってた。

「たわけ」

　アリスには口でも言われた。ユアンも、言いたいなら言ってもいいんだよ！

　爆炎とは違う風が吹き抜けていった気がした。その風のせいではないだろうが、粉塵が流れ始めている。元々高所にある宮殿だ。風は強い。冷たい風に震え上がる。だが、おかげで息がしやすい。

鼻はとっくに馬鹿になっているのに、ずっとこびりついていた血の臭いが流れていく。

　その風で美しい銀髪を揺らすエマさんは、まっすぐに立っていた。どうやら、決着はついたようだ。

　いや、最初からついていた。しかしディナストが終わらなかったのだ。悪あがきとはまた違う。

彼が終着をどこに定めたかの問題だ。そして、そこが分からない限り、油断はできなかった。

「ディナスト、お前は何がしたかったんだ。玉座が欲しかったんじゃないのか？」

　まだ平らな地面の中心に立つディナストを、離れた場所からたくさんの鏃が狙う。ぎりぎりとこっちにまで聞こえてきそうなほど引き絞られた弦に囲まれても、ディナストはどこ吹く風だ。

「おや、姉上。相変わらずお美しい。ご機嫌のほどは宜しくはないようですが」

「この状態で機嫌が良いほど物好きにはなれんよ。お前と違ってな」

「それはそれは」

芝居がかった様子で剣を収めたディナストは、従順を示すかのように両手を軽く広げた。でも、誰の気も緩まない。彼がこんなにすぐに投降するような人間とは、到底思えないのだ。

「……なあ、ディナスト。何故私だった？　何故、イツキを奪った？　七年も、イツキとツバキを囲い続けたのは何故だ」

ふむ、と、ディナストは少し考えこんだ。黙って対峙する二人は、やっぱりよく似ていた。

「姉上とはあまりお会いしたことはありませんでしたが、幼き頃に何度かこのエルサムにてお会いしましたね」

「ああ」

「成人されると姉上はすぐにエデムに篭られてしまいましたから、それ以降ほとんどお会いしませんでしたが、兄上を殺しに向かっていたら、姉上が男を囲われていると聞きまして」

「…………ん？」

「玉座もいらぬ、手柄もエデムが成り立つ程度にしかいらぬと、力も富にも執着されなかった姉上が惚れた男とはどんなものかと思いまして、興味が湧きました」

「お前こそ、家族も兄弟にも、私以上に興味がなかっただろう？」

呆れた声を上げたエマさんの言葉を継いだのは、意外にもイツキさんだった。

「……………好きだったんだよ」

意外な人から上がった意外な言葉に、全員の視線が集中する。ディナストでさえも、不思議そうに振り返った。びくりと跳ねたイツキさんを庇い、咄嗟にその視線を遮ったツバキの背を握り、イツキさんはぐっと顔を上げる。

「昔、ここで、転んだディナストに手を貸したエマの瞳がとても綺麗だったと、ディナスト、お前は言った。その色を、エマが僕らに向けてくれていた。だから、手に入れたかったんだ。エマの瞳にその色を灯したのが僕らだと思って、僕らを調べたかったんだ」

「だから何だ」

心底不思議そうに首を傾げたディナストの視線を真正面から受け止めたイツキさんは、がくがくと震える手で私の手を握り締めた。痛いくらいに握り締める手を、同じくらいの力で握り返す。

「お前は、一番美しいものは憎悪ではないと、どうして分からなかったんだ。だって、喪失からの憎悪だなんて、愛していたからだ。愛していたものを奪われたからお前を憎悪する色が、憎悪だけのものだなんて、おかしいじゃないか。エマが僕らにくれたものは、温かいものだったよ。温かい、愛だった」

「待て！　私はお前に恋していたし、今でもしているぞ！　愛だけじゃないと、そこは間違えるな！」

「わ、分かってるよ！」

イツキさんの頬が燃え上がった。まさかの甘酸っぱい展開である。

酷く続けにくい雰囲気を咳払いで誤魔化して、イツキさんは深く息を吸った。

「お前は、愛の存在を信じていた。だって、誰かが大切にするものを集中的に奪ったじゃないか。愛する場所を、物を、人を、あえて狙って壊した。お前はそれを憎悪が見たいからと言ったし、実際そう思っていたみたいだけど、だったらどうして、エマが僕らに向けてくれた瞳を美しいと思ったんだ」

イツキさんが、正気を失う前、既に得ていた答えなのだろう。唖然とディナストを見つめる私達の中で、ただ一人、確信を持って言葉を紡ぐ。

「僕らを捕まえてエマを脅したって、エマからその色を得ることなんて出来なかっただろう。当たり前だよ。だって、お前が最初に美しいと思った色は、憎悪なんかじゃなかったんだから」

唇を真っ白にして、血の気が失せるほど恐ろしい相手を前に、がたがたと震えながらも、イツキさんは逃げなかった。強い、人だ。真実、そう思った。まるで氷を握っているように冷たい手をしているのに、瞳を逸らさない。

しんっと静まり返った中で、ディナストはもう一度ふむと考えた。

「成程、一理あるな。それで、お前も随分酷い男だな。もう二度と手に入らなくなった今になって初めて、それを言うか？」

「………………お前なんて、大嫌いだよ」

ざまあみろ。

イッキさんは真っ青に震え、泣きながら口角を吊り上げる。

お前なんか大嫌いだ。それが、うまく憎悪を繋げられないと言われていた彼の、精一杯の嫌悪だった。

「はっ！　はははははっ！」

片手で目元を覆ったディナストは、身体をくの字にして笑い転げた。込み上げてくる笑いを残したまま顔を上げ、目尻を拭う。笑いすぎて涙目だ。

「別の遊び方があったというわけか！　もう試せんのはつまらんが……まあ、これもまた好き勝手やってきた結果というわけだな。では、最後に一つ試していこう」

ごく自然な動作で、無造作にディナストの片足が上がる。足を上げたそこに、地面と同じ色をした細い縄があった。

「放てぇっ！」

エマさんの声が終わる前に、数多の矢が放たれる。

「では諸君、冥府でも遊ぼうか」

「伏せろ！」

ルーナが短剣を投げながら叫ぶのと、振り下ろされたディナストの踵が齎した火花が世界を割ったのは同時だった。

熱風が世界を覆う。風すらも赤く染める熱が迫ってくる様が、やけにゆっくり見えた。地面が捲れ上がり、凄まじい力の奔流が捻じ曲がりながら天を目指す。

土も、緑も、空気も、命も、音も、視界も。それら全てを奪いつくし、天に昇った熱は、まるで竜のようだった。


「う……」

一瞬の熱に炙られた瞳がごわついて、開けるのにもたつく。

細めてゆっくりと開いていた瞳が映した光景を見た瞬間、私は痛みを無視して思い切り目蓋を開いていた。ずきりと広がった頭痛も気にする余裕がない。

そこにあるのは、詰め替えたばかりのバスマジックリンクリン。石鹸はそろそろ新しいのを出さなきゃいけない薄っぺらさ。タオルは洗濯機に放り込んでいる。

開かれた曇りガラス風のプラスチック扉の向こうに、その洗濯機はあった。足拭きマットは昨日洗ってふわふわだ。

「え……?」

くるくる回して開ける窓は換気の為に薄く開けている。その隙間から、ぱぁあんとクラクションの音が聞こえてきた。シャンプーと石鹸の香りが残る、嗅ぎなれた匂い。

一人暮らしである私の、1Kのお城。住み慣れた1Kを見て、お湯の入っていないバスタブの中でざぁっと血の気が引いていく。

「う、そ」

私、また、ルーナを。

置いてきてしまった……？

「う……」

自分以外の呻き声に慌てて視線を横に向ける。イツキさんが頭を振りながら呆然としていた。緩慢な動作で私を見て、また洗濯機を見る。……あれ？　さっきの呻き声、イツキさんじゃ、ない？

そういえば、私達の身体はバスタブからかなり上半身が出ている。べたりと座り込んでいるにもかかわらずだ。こんなに浅ければ、お湯を張っても到底肩まで浸かれない。私がいつも入っていたバスタブは、そんな冬に厳しいお風呂ではなかったはずだ。

イツキさんもそれに思い至ったのか、呆然としながらも二人同じタイミングで、そぉっと下を見る。

「カズ、キ、頼むから、そこ、は、踏まないでくれっ」

「い、痛い！　この壁滑る！」

「ユアン！　髪を掴むな！」

「イツキ様っ、息、息が、できなっ」

一人暮らしのお城、１Ｋのお風呂場は狭い。

「え？」

「え？」

総勢六名を詰め込んだバスタブに、私とイツキさんの呆然とした呟きが反響した。

三十九章　いらっしゃい

バスタブから這い出た私とイツキさんは呆然と、重なり合った惨状を見つめる。私達に押し潰された上にぎゅうぎゅう詰めになっていた四人は、なんとか一息つける体勢に落ち着いて初めて周りを見た。

バスタブに並ぶ、見慣れた人達の、凄まじいぽかん顔。戦いに長けた人達が、見慣れぬ場所にまず向けた感情は警戒心ではない。その事実は、よく考えればとんでもないことではないだろうか。しかし、今の私達には、そのとんでもなさを受け止める余裕は全くない。

見慣れた場所＋見慣れた人達＝すっごい違和感。なんだこの方程式。こんなの教科書に載っていたら放り投げる。載っていない教科書も放り投げたけど。

「……カズキ、ここは、どこだ？」

身動ぎ一つしないルーナの問いに、ごくりと皆の喉が鳴った。

「私の家……というか、部屋」

「……カズキさん、向こうの言葉で言わないと」

私が動揺のあまり日本語を使ってしまったと思ったのだろう。イツキさんがそっと教えてくれた。

「カズキの部屋？　だったら、ここは異世界か！」

ルーナが叫んだ。

「分かるんですか⁉　日本語⁉」

　イツキさんも叫んだ。

「異世界だと⁉」

「カズキの部屋熱い！」

「イツキ様の世界⁉」

　皆も叫んだ。

　私はそれら全てを聞きながら両手で顔を覆った。

　どうしよう、これ。

　あと、ユアン君。それは仕方がない。だってこっちは七月ですよ⁉

　一瞬で沸き上がった、動揺という名の熱は、煮えたぎりながらも沈黙を呼んだ。ついさっき上がった叫び声の後は、しんっと静まりかえっている。お風呂場にぎゅうぎゅう詰めになりながら、全員身動ぎ一つしない。どうしよう、これ。

　とりあえずお風呂場から出よう、そうしよう。

　言葉を覚えるんじゃなくて、覚えてもらう手があったなんてと、なんだかショックを受けていたイツキさんが慌てて先陣を切る。私とイツキさんが扉側にいるので、先に出ないと後続がつっかえているからだ。しかし、お風呂場から出ようとしたイツキさんはぴたりと止まった。

「カ、カズキさん！　新聞ないですか⁉」

「ないです！　ちょ、ちょっと待ってください！」

慌てて靴を脱いでいるイツキさんの横で私も脱、ごうとして、そういえば既に脱いでいたのを思い出す。イツキさんを怖がらせないよう、血みどろの靴を脱ぎ捨てたけれど、あの時の決断を褒め称えたい。ありがとう私。おかげで、血みどろの靴をゴミ捨て場に出さずに済んだ。

それはともかく、新聞紙だ。しかし、そんなものはない。実家なら、基本的に毎日二回届くからいつもすぐに溜まってしまい、捨てるの大変なのに、一人暮らしだと新聞がなくて困ることが意外とある。新聞って、下に敷いたり詰めたりするのにかなり便利だ。あと、脱臭。

困ったときの新聞紙がない今、色んな物ででろんでろんになった私達は、何を敷けばいいのだろう。靴を脱いでも、服がかなりまずい。煤と砂と泥と、血が、ついているのだ。

「猥褻(わいせつ)物陳列罪警報発令！」

回れ右して服を脱ぐ。流石にこれで部屋に突入する度胸はない。サスペンスの定番、ルミノール反応が出てしまう。そんな反応を見る予定も見られる予定もないけれど、人生とは何があるか分からないものなのだ。そう、まさに今のように。

「カズキ！」

「せめて分かる言葉で予告しろ！」

「カズキさん！」

「え、ちょ、何!?」

「うわー、見たくないわー」

後ろでごんごん音がする。回れ右をしてくれたらしい皆の防具がぶつかり合った音だ。私も背を向けているから見えないけれど、元々が一人暮らし用のお風呂なので、あの人数が動けばどうなるか簡単に想像がつく。大惨事である。

狭くてごめんねと謝りつつ、脱いだ服を置いて、更に髪をぶんぶん振って砂を落とす。軽く跳ねて、固まった泥が落ちなくなったのを確認し、長いキャミソールと下着でお風呂場を出る。ちらりと振り向けば、バスタブ内で、ルーナとアリスに目隠しされているユアンがもがいていた。

ぺたりとフローリングの床が素足に張り付く。視界だけじゃなくて、足先から感じる懐かしい違和感に込み上げるものを振り払う。今はそれどころじゃない。これが一人だったら、戻ってきてしまった絶望と、驚愕と、嘆きと、どうしたって感じる喜びが綯い交ぜになり、ぐちゃぐちゃになっていただろう。しかし今は一人じゃない。なさ過ぎる。物理的にぐちゃぐちゃになった面子がお風呂場に詰め込まれているのだ。多大に動揺しても、へたり込む暇は欠片もない。

動け。動け。頭も動かせ。

1Kの私の部屋は、脱衣所の真向かいがトイレ。トイレに向かって左が台所、その奥の扉の先が居住空間だ。

私は、炊飯器と食器を乗せているレンジ台の下からゴミ袋を引っ張り出した。ちなみにレンジは、レンジ台じゃなくてツードアの冷蔵庫の上にいる。

一枚一枚は薄いけど、重なると結構重たいゴミ袋を握り締め、額をつけた。向こうの世界では出会わない匂いと感触を感じながら、何度も深呼吸する。そしてゆっくり目を開く。あ、コンロの側面にカレーの垂れ跡が。

お風呂場で水音と、うわっと悲鳴が上がる。どうか節水を心掛けて頂けると非常に嬉しいです。待って、お願いだから待って。考えるから。ちゃんと考えるから。だって、だって、どうしよう。こんな、一か月で一年だよ。そんなの、一日で………どれくらい？

ちょっと、計算できなかった。

計算を諦めかけた思考が、ぎくりと止まる。お風呂場は暑かった。そう、暑かったのだ。だって七月だからと思ったけれど、それは私がこの世界から消えた日だ。じゃあ、この暑さは、あれから何年も……？　でも、家具や荷物はあの日のままだ。見覚えのある家具に、配置。このゴミ袋だって私が買った時のままだ。

日付を見たい。でも、携帯は置いてきた。電卓は元々持ってない。カレンダーもない。新聞も……パソコンだ。パソコンつけて……。

関節が固まったみたいにうまく動かない。どっ、どっと心臓が鳴っている。駄目だ、しっかりしろ。しっかり、しろ。一気には出来ない。一つずつ、確実に。まずは、待っている人がいる事から。

ビニール臭い袋から顔を離し、よしっと気合いを入れてお風呂場に戻った。

［これなるの中に、洗濯必須な服を纏め上げてください。靴はこちらに陳列致してよ］

半透明のごみ袋を数枚引き抜き、それらを床に敷き詰める。後は全部纏めて渡したら、全員固まった。ユアンが若干脅えつつも、好奇心を隠しきれない顔で受け取ったゴミ袋を眇めつつ、引っ張る。

［カズキ……これ、クラゲ？］

［生物では無きよ、ユアン。袋。びにーる袋］

「びにゅーる？」

「びにーるよ」

あんまりぴょんぴょんしたらすぐ破れるよ。それは安い分、薄いのです。分厚いのはゴミがたくさん入るけど、その分高いし枚数も入っていないのだ。

まじまじと眺めている皆を急かして、とりあえず装備を全部外してもらう。危険はないからとイツキさんと一緒に説き伏せて、武器も全部並べてもらう。この作業が一番大変だった。

結果、脱衣所が埋まった。皆、外から見えない武器を持ち過ぎである。

圧巻の武器を見下ろしていたイツキさんが気を取り直し、汚れた服を脱いだ時、どこんと重たい音がした。

「いっ……！」

「イツキ様⁉」

足を押さえて飛び上がったイツキさんの足元にしゃがみ込んだツバキに、狭い脱衣所で追突事故が広がっていく。狭くて本当にごめん。

「これ……」

「え？」

呆然とした声で持ち上げられたのは、半分以上点滅が消えた、あの石だった。

瓶は置いてきて自分だけ渡ってきたらしい石を、慌ててツバキから受け取ったイツキさんから、同じように慌てて受け取る。水場から離さなければ。反射的にそう思ったのだ。

考えた結果、とりあえず窓際に干してきた。悩んだけれどベランダには出さなかった。室内から出すのは、やっぱり躊躇われた。防犯の意味でもそうだが、もし雨が降ったらまずい。

ゴミ袋の上に乗せた石をじっと見つめる。点滅が消えた場所は電球が切れたみたいに真っ黒だ。残っている点滅の光も酷く弱い。でもこっちは、水に浸けて条件を揃えたら光り出す可能性が高いそうだ。他の石もそうだったらしい。

そして、問題はこれからだ。意を決して脱衣所に戻る。戻った先では、先程と変わらない光景が広がっていた。足の踏み場もない武器の隙間を縫って、何とか足の踏み場にしている面子がひしめいている。

防具を外し、汚れた上着を脱いでもらってもまだ悩む。泥だらけ煤だらけ、何かは判断をつけたくない黒い染みだらけ。

いや、汚れは致し方ない。だって大規模な戦闘の後だ。皆が死に物狂いで助けに来てくれたのだから、それに対してどうのこうの言うつもりはない。ないのだけど、一人ならともかく、この人数がこの惨状で台所を通って部屋に行くと、大惨事掃除大変が勃発する。

ちょっと、考えさせてください。

「しょ、少々待機！」

皆を脱衣所に押しとどめ、再び部屋に走り込んでパソコンをつける。起動している間にそわそわ待ち、ようこそを経てぱっと変わった画面の右下に視線を滑らせた。

「…………え」

日付は、私が向こうに行った日のままだ。時間は三時過ぎ。時間だけが数時間過ぎているけれど、日付は変わっていない。何度も確認して見間違いではないと確かめる。

「前と、違う」

以前は伸びた髪も、何故か向こうに行く前と同じ長さに戻っていた。だけど、今回は向こうで切られて伸びた状態のままだ。それに、以前はあれだけ引っ付いていたルーナは置いてきたのに、今回は全員揃ってこっちに来てしまっている。

以前と違う。それを念頭に置かなくてはいけないようだ。違う違うと比べられるほど経験してないけど。

「一年、経って、ない？」

いつの間にか後ろから覗きこんでいたイツキさんが、呆然と呟いた。

「僕が、いなくなって、一年、経ってない」

イツキさんの言葉が止まる。そして、表情も動かなくなった。震える両手で顔を覆い、長い髪をぐしゃりと握りしめる。

「帰れ、ない。こんなんじゃ、会えないっ……」

泣き崩れたイツキさんに駆け寄ろうとしているツバキは、そこから動くなとでも言われたらしく、ただのスライドドアしかないそこで足踏みしている。酷く切羽詰まった顔で、ドアさえ閉まっていないそこに結界でもあるかのようだ。

しんっと静まり返った部屋の中で、私は自分の頬をばしんと叩いた。ぎょっとした視線が集まる。

私だ。私が考えなくてどうする。だって、ここの部屋の主だ。皆お客様だ。おもてなしは主の仕事だ。それにたぶん、今は、私が一番泣きたい気持ちを我慢していない。だったら、私が動かなくてどうするのだ。

今こそ、私が向こうで心配しなくてよかった衣食住の恩を返す時が来たのである。不安で不安で堪らなかったとき、私の心配を、言葉と己の馬鹿だけにしてくれた皆へ、黒曜とか祭り上げられた幻想じゃなくて私自身が返せるのだ。

まず、すること。

「皆、怪我は⁉」

怪我の有無の確認からだ。イツキさんもはっと顔を上げた。

ぱっと見はでろでろだけでも、実は大怪我をしているということが……怪我がでろでろの場合はどうしよう。即座に救急車だが、その場合、保険証どうしよう。

あらゆる意味で内心青褪(あおざ)めながら怪我の有無を確かめる。結果的に幸い全員軽症で、よかった。ほっと胸を撫で下ろした私とイツキさんは、まともにくらったら怪我どころじゃなくて即死だったからなとしれっと言ってのけたルーナ達に頭を抱えた。

しかし、軽傷と言っても怪我はしているのだ。彼らの軽傷は、こっちの世界では「うわ、痛そう」「結構ひどいね……」だ。縫うほどではないが、かろうじて家でどうにか出来るレベル、である。

ただ、如何せん治療道具がない。あるのは精々、消毒液と絆創膏(ばんそうこう)くらいだ。包帯もなければガーゼもない。消毒液も、この人数だと到底足りないだろう。

傷口を消毒する前に清潔にもしなければいけない。着替えだ。着替えがいる。今は七月、夏真っ盛りだ。冬服のように一式揃えなくていいのはありがたいけど、何はともあれ最低でも下着一式はいる。パンツとシャツ、パンツとシャツとぶつぶつ呟く。

財布は向こうだ。カードの類も一切合財向こうで、携帯も向こう。でも、いま私の部屋には、もしもの時の為の現金五万がある。

これは一人暮らしする際に授けられた、お母さんの教えだ。

五万。五万あれば、何かあってスーツだの喪服だの一式を急遽(きゅうきょ)揃えなくちゃいけなくなった時でも何とかなる。残った分をお財布に収める余裕だってある。飛行機で飛んでかなきゃいけない時でも焦らなくていい。五万あれば大抵のことは何とかなるし、万が一足りなくても貯金と足せば最強だ。だから、絶対に手持ちに現金で五万は構えておきなさい。そう言って、大学一年生の春に五万をくれた。

幸い虎の子を使う事態に陥ることなく今日まで大事にしまってきたそれを、使う時が来たのだ。

ちなみに、修学旅行の時は制服の裏に一万を縫いつけてくれた。備えあれば憂いなし。あんたは馬鹿だけど、ちゃんと備えてさえいれば馬鹿でもなんとかなるから安心しなさいと言っていた。ありがとうお母さん。おかげで馬鹿でもなんとかなりそうです！　お金って大事！　お母さんの知恵袋って凄く偉大！

歩いていける範囲にショッピングセンターないのが痛いけど、コンビニならある。コンビニにも男性用の下着やら何やら売っていたはずだ。高いけど。

私はクローゼットを開け、衣装ボックスの引き出しを開ける。そして中に敷いている消臭紙の下から五万円を取りだし、ぎゅっと握りしめた。ついでに自分の着替えも取り出してお風呂場に戻る。

方針は、決まった。

［お風呂に入るよ！］

［何故だ！］

洗濯機を開けて中を覗き込んでいたアリスちゃんが吼える。

［母に救助を申し立ててくる故に、伝達してくるからよ！］

方針、家に助力を乞う！　以上！

私一人の手に負える問題じゃない。助けて、お母さんの知恵袋！

携帯がない以上、外に出て連絡を取ってこなければならない。でも、こんなでろでろで出かけられないのである。どちらにせよ、皆の物資調達もしてこなければ。

［一番風呂ごめん。だが、私が外出している合間に、皆、順序入浴してぞ！］

［僕が入り方を教えます］

イツキさんより憔悴して見えるツバキを見かねたのか、無理やり笑顔を浮かべて脱衣所に戻ってきたイツキさんが片手を上げた。こういうとき、イツキさんはツバキより年上だなと思う。エマさんといいイツキさんといい、ツバキは結構子ども扱いされている気がする。

武士の情けでそれには突っ込まず、お風呂場を覗き込む。でろでろのメンバーで飛び込んだバスタブが悲惨なことになっている。バスマジックリンを噴射して猛スピードで磨く。掃除している暇があるのかと問われるとないのだが、これではお風呂に入った傍から汚れるという悲しみ連鎖は免れない。

猛スピードで磨きながら、床は足で擦りまくった。脱衣所で身動きが取れなくなっている皆に心の中で謝る。ちょっと待って。すぐ掃除してすぐ汚れ落として、すぐ電話してくるから。

シャワー全開で流しながら、そうだとイツキさんを振り向く。

「イツキさん、私、男兄弟がいなくていまいち分からないんですが」

「はい？」

「皆のパンツとシャツのサイズ、Mですか？　Lですか？　たぶんSじゃないとは思うんですけど、うち、お父さんしか男の人いないからよく分からないです」

「ああ、えーと」

じぃっと皆を見つめて、イツキさんも首をひねる。

「ええと……ツバキ、ちょっと脱いで。むしろ皆さん脱いでもらえますか」

冬服の上からでは分からなかったようだ。イツキさんにとってルーナ達は初対面だし、ツバキはいきなりにょっきり伸びたようなものである。全員大人しく上半身を脱いでいく。元々汚れた服を脱いでもらっていたので、一枚か二枚脱ぐだけで終了だ。

「とりあえずLだと間違いはないいんじゃないかなぁと。ユアン君はMでも充分そうで…………予告して入ってもらえませんか」

そっと閉めた曇りプラスチック扉の向こうから恨みがましい声が聞こえてきた。すみません。どうせシャワー噴射するならもう浴びちゃえばいいんじゃないかなと。あと、皆が脱いでいるのをわざわざ見るのもどうかと思ったのである。

ぐわーっとお風呂場を洗い、ついでに頭を洗って、身体も洗う。白い泡の中を、黒と茶色と赤が流れていって、色が忙しない。人生史上最速でお風呂を終えた気がする。入浴速度だけなら軍隊にだって入れるだろう。

皆が後ろを向いてくれている脱衣所に手を伸ばし、タオルと着替えを引っ張り込む。中で着替えると濡れるけど、脱衣所で着替えるわけにもいかないから仕方ない。身体が乾く前に無理やり服をかぶる。急がないと駄目だ。

何故なら、お母さんが夕飯の買い物に行く前に連絡しないと怒られる。ついさっきまでお湯をひっかぶっていたのに、ぶるりと身体が震えた。夕飯用意した後にこっち来てと言ったら、絶対怒られる。

わしわしと髪を拭きながらお風呂場を飛び出す。

[遅刻して申し訳ございませせ凄まじく暑い！]

脱衣所すっごい暑い！

むわっとした湯気が充満して、シャンプーの匂いが沸き立つ。

慌てて武器を飛び越え、部屋に駆け戻る。そして、ぼたぼた水が垂れる髪をタオルで押さえながら、エアコンのスイッチを探す。どこに置いたっけと、随分前にも思える記憶を探り、この部屋にとっては『今朝』放り出されたエアコンのスイッチを見つけ出す。そして、冷房を強で入れる。電化製品のない世界にいたので、存在をすっかり忘れていた。ごめんなさい、文明の利器！　愛してる！

脱衣所に走って戻り、洗面台に引っ掛けてあるドライヤーを引っ掴んで炊飯器のコンセントを奪う。台所にどかりと胡坐を組んでスイッチいれた瞬間、イツキさん以外が戦闘態勢に入って怖かった。予告しなかった私も悪いけど、問答無用で短剣を引き抜いた大人三人は正座してください。私、武器は全部置いてくださいと言った気がするんです。その短剣、床に並べてたのじゃないですね。

さあ、どこから出した。

素直に全部出したユアンを見習ってほしい。そのユアンはいま、クールにしたドライヤーの風を気持ちよさそうに受けている。いい子のユアン、二番風呂いってらっしゃいませ。

ざっと髪を乾かして、外に出ても最低限見られる状態になった。少なくとも、でろんでろんどろんで、いきなり通報されるような見た目ではないはずだ。

鞄(かばん)に、封筒に入ったお金と、あんた馬鹿だから絶対携帯壊すから、アドレスは絶対紙にも書いておきなさいと渡されたアドレス帳を入れる。ありがとう、お姉ちゃんの知恵！

靴を履いて、とんとんと確かめる。今まで履き慣れていたはずのゴム底に少しの違和感があって、こっそり笑う。今度はこっちで転びそうだ。アスファルトで転ぶとダメージが桁違いだから、気をつけよう。

［着替えを買いものしてくるので、それまで何物か各自適宜(てきぎ)纏っていてよ］

その辺りはイツキさんにお願いしているので、彼が何とかしてくれるだろう。

イツキさんは現在、二番風呂のユアンにお風呂の入り方を教えている。しかし、どうやら彼も服を脱ぎ始めたので一緒に入るようだ。確かにそのほうが効率いいだろう。彼にはこの後、部屋の中をひっくり返し、ひとまず皆が適当に羽織る物を用意してもらうという任務があるのだ。その任務が達成されなかった場合、私は全裸の男が五人揃った部屋へ帰還することになる。誰にとっても大惨事である。

私の部屋が事故物件になるなぁと考えていると、ルーナがじっと私を見ていた。

［俺は、ついていかないほうがいいんだな］

［ルーナ、着替えが無きよ。大丈夫、平気よ。外出は、非常に安全地帯だから］

靴を履いて、玄関すぐ横の脱衣所を覗き込む。上半身裸のイツキさんがユアンにシャワーの使い方を教えていて、残りのメンバーも真剣に聞いている。ルーナも聞いたほうがいいと思う。ルーナのことだから聞いている可能性も残されているが。

「イツキさん！　部屋にあるものは何でも使ってもらって大丈夫ですから！　Tシャツとか、フリーサイズのあるんでクローゼットから引っ張り出してください！　ゴムのスカートとかだったら全員着れるかもしれません！」

「あ、はい！」

ズボン系は無理だろうけど、スカートだったらウエストフリーもあるし、何とかなるかもしれない。ズボンは……ユアンだったらいけるかもしれない。まあ、何はともあれ下着だ。帰ってくるまでには、とにかく全裸を免れていたらいいと思おう。

「あと、パソコンも、大丈夫ですから」

「……すみません。ありがとうございます」

一瞬詰まったイツキさんは、わざわざ振り返って頭を下げてくれる。私もそれに礼を返して、むあっと熱気渦巻くアスファルトの街に踏み出した。

雪が音を吸いこんで、深々と閉じていく夜を知っている。

凍えそうな寒さの中で、全ての命の象徴であるかのような温度を知っている。その温度に抱かれて眠る心地よさを知っている。

だけど、灰色の熱さに焼かれるこの場所が、涙が出るほど恋しかった自分も、知っているのだ。

歩き慣れた道を、急がないとなぁと思いながらもふわふわした気持ちで歩く。固い地面から跳返ってくる暑さ、耳を劈く蝉の叫び声、後ろから通り過ぎていく自転車。このふわふわ感、喩えるならあれだ。海やプールなどで泳いだ後に感じるふわふわ感に似ている。浮ついているのとは少し違う。確かに身体と意識はふわふわと浮いているように感じるが、同時に沈んでいくような。暑さも世界も少し曖昧になるような、独特の感覚だ。

赤信号の前で立ち止まり、忙しなく行き来する車を眺める。いつも意識せず行っていた行為が新鮮に感じて、笑ってしまう。特別なことを意識して行っているような感覚が、この世界から離れていた自分を改めて自覚させた。

今までは特に気にしていなかったけど、こうしているとこっちの世界は随分と音が甲高いと気づく。向こうだと、人や動物の声以外は、風の音や木と木がぶつかる音がメインだったから、聞こえてくる音は生活音を含めてもとても柔らかかった。

ついさっきまでの動揺が落ち着いても、色々切り替えがうまくいかない。爆弾が爆発した熱と火薬の臭い。土中から捲れあがってくる地面。噎せ返る真っ赤な世界。うだる暑さでぼんやりと混ざり合っていく赤を、頭を一振りして振り払う。こうしているとまるで映画を見ていたような世界。でも、あれは映画じゃない、夢でもない。ここではない世界が確かにあって、私は確かにあそこにいた。その証拠は、今度は思い出だけじゃない。もう会えない痛みだけじゃない。

今度は一人じゃないのだから、泣いて泣いて泣いて蹲る暇もなければ、その必要もない。だからこそ困っているのに、だからこそ慌ただしく動き回れている。

コンビニを目指しながら、最近はめっきり見かけなくなった公衆電話を探す。確か、お爺ちゃんお婆ちゃんがタクシーやお迎えを呼ぶ施設にはあったはずだ。病院とか公共施設に。

コンビニへの通り道にある薬局にも寄る。消毒液、ガーゼ、テープ、化膿止め、湿布、包帯、解熱剤。……あと、何がいるだろう。万引きと間違われても仕方がないくらい、ふらふらと棚を行ったり来たりする。籠にお菓子は増えた。

一応お腹の薬も買っていこう。ご飯合わなかったら困る。他にもちょこちょこ思いつくものを放り込んでいく。こっちは排気ガスとかあるから目薬もいるかな、ひえ～るピタとかユアンが喜びそうだ、水分補給用にスポーツドリンクとかもいるかな。

重い籠を持ってレジに向かっていた足をぴたりと止め、ぐるりと向きを変えた。

そして、今まで縁のなかった場所で仁王立ちする。仁王立ちというのは語弊がある。猫背になって必死に説明書を読みふけった。されど、さっぱり分からない。

髭剃りとシェービングクリーム。要るだろうと思うんだけど、どれがいいのかさっぱりだ。色々あって全く分からないので、見覚えのあるのを選んで籠に入れた。お父さんが使っていたと思われる商品だ。実家のお風呂場で見た気がする。たぶん。

万札は余裕で飛んでいった。薬局怖い。楽しかった。

もう少しでコンビニに辿りつくなぁと、重い袋を持ち直した私の肩がぽんっと叩かれた。

「一樹！　あんた今日学校どうし……………何、その顔！」

「美代（みよ）！　久しぶり！」

「何言ってんのあんた、昨日会ったじゃない」

大学でゼミも同じ、友達の美代がびっくりした顔をしている。美代には昨日でも、私には結構な間があります。

しかしそれを伝えるわけにはいかないので、ぼろが出る間に話題を戻す。

「顔？」

「髪に隠れてるけど、左っ側、傷けっこうついてるよ」

綺麗に整えられた指が髪を掻き上げて、傷があると思わしきあたりを触る。ぴりっと痛みが走る。爆発の余波で吹き飛んできた破片か、それともディナストに追われていた時に擦りむいたのだろうか。鏡見ていないから気づかなかった。着替えたりお風呂に入ったりしていて、皆と視線も合わなかったから誰も気付かなかったようだ。私も全く気付かなかった。唯一ルーナとは顔をきちんと合わせたけれど、薄暗い玄関だったから見えなかったのだろう。

よく考えれば、シャワーを浴びている時に違和感があったようにも思うけれど、それどころじゃなさ過ぎた。全くそれどころじゃなかったけど、一応確認しとけばよかった。でも、髪に隠れているらしいし、目立たないならまあいいや。

「ちょっと、色々と」

「……あんたまさか事故ったの⁉　携帯も電源入ってないし！」

「あ、うん、そんな感じ……あの、美代、ごめん。そんな感じで、雑誌、壊滅しちゃったんです、よ。弁償する」

皆で回し読みしていた雑誌は全部あっちに置いてきてしまった。そして、ブルドゥスの人達にパーカーと肌荒れにきび二の腕ぷるぷるを布教している。ブルドゥスの人にも、雑誌を作った人にも、大変申し訳ない事態だ。

「そんなのどうでもいいわよ。怪我は？　他には？」

「いや、そういうわけには駄目でしょ」

「駄目も何も、前に裕子が雨で全滅させた時も、しゃあないねで終わったじゃん。真っ先にどんまいしたあんたがなに言ってんのよ」

そういえばそんなこともあった。だって、夕立は仕方ないと思うのだ。

懐かしい思い出を辿っている間に、美代はひょいっと私の荷物へ視線を落とした。

「薬局で薬買ったの？　で、あんたいまどこ行こうとしてんの？」

「コンビニ。携帯壊れちゃったし、公衆電話探しがてら買い物しようかと」

美代はほっと胸を撫で下ろす。大事になっていないかと心配してくれたのだろう。ある意味大変な大事なのだけど、相談も出来ないので、向けてくれた心配だけ有り難く受け取る。

美代は反射のように鞄に手を突っ込んで、あ、という顔をした。

「じゃあ、怪我は大したことない？　よかったけど……しまった。あたしいま、携帯家で充電中なんだよね。これからちょっと遠出でさ。公衆電話なら、あのタバコ屋さんのとこにあったよ。代わりにこれあげる。前にお婆ちゃんち大掃除した時に出てきたの貰ったやつ」

財布からぽんっと渡されたのはテレホンカードだった。まだ穴が開くところが三つも残っている。よく分からないキャラクターが親指を立ててご機嫌顔だ。

「いいの？」

「使わないでもう何年も財布の肥やしになってたし、代わりに使ってよ」

「ありがとう、美代」

「どーいたしまして」

タバコ屋さんならすぐだから財布にしまわず、ポケットに突っ込む。

「美代、何か用事があった？　ごめん、携帯見れなくて」

「ああ、うん。健(けん)のかてきょ、今日からちょっとの間要らないよって伝えたくて」

健くんは美代の弟で、私とお馬鹿同盟を組んでいる高校生だ。ごめん、健くん。授業で使おうと思ってた私の昔の参考書、全部向こうです。

とにかく勉強が苦手な健くん。馬鹿に対抗できるのは馬鹿だけだという謎の理論で抜擢(ばってき)されたバイトだったけど、今までそれなりにうまくやっていた。だって、馬鹿同士。何がどう分からないかが分かるのだ。彼が躓(つまず)いているところは大抵私も躓いたし、彼が諦めているところは大半私も諦めたものだ。

「親戚に不幸があってさ、ちょっとそっち行ってくるんだ」

「分かった。でも、あの、美代。夏休み中のバイトどうするかって話前にしたけど、私、バイトもうできない」

「ああ、健は別に受験生じゃないし、勉強の仕方だいぶ分かってきたみたいだし、あんたの時間拘束し続けるのもねってお母さん達と話してたのよ」

「それは別にいいんだけど、ちょっと、時間が作れなくなりそうだから」

理由はちゃんと話せなかったけれど、美代は深くは聞かないでくれた。わざわざそれだけ伝えに来てくれたらしく、もう行くねと美代は手を振る。

「あーあ、しっかし、健ががっかりするわ」

「健くん、私より頭いいと思うよ」

「そうじゃなくてさ、まあいいや。じゃあね！」

「うん、ばいばい！」

新幹線の時間があるからと走っていった美代を見送る。暑い中、連絡がつかない私に会いに来てくれたのだ。

「ありがとう、美代」

久しぶりに会った、全然久しぶりじゃなかった友達が、やっぱり大好きだった。

タバコ屋さんでのんびり店番しているお婆さんに会釈して、公衆電話にカードを入れる。実はテレホンカード使うの初めてで、ちょっとどきどきだ。一回引っ越して以来覚えていない実家の番号をアドレス帳見ながら押して、繋がるのを待つ。

【はい、須山です】

ずっとずっと聞きたかった声が受話器の向こうで聞こえた瞬間、いろいろ込み上げた。

「おかあ、さん」

【ああ、カズキ？　どうしたの？　あなた今年の夏休みどうするの？　去年は帰ってこないで薄情だことー。大学生活に浮かれちゃってぇ】

「お母さん」

【今年はちゃんと帰ってきなさいよ。鈴木(すずき)さんがあなたの好きな果物入ったゼリー送ってくれたから、帰ってこないと全部食べちゃうわよ。鈴木さん、今度は山形ですって。転勤多いわよねぇ】

「お母さん」

お願い、話を聞いて。

お願い、もっと喋って。もっと声が聞きたい。

「お母さん」

もう会わないと決めたはずなのに、いや、決めたからこそ、喜びや切なさだけじゃなく申し訳なさが先立つ。先立つのに、嬉しい。お母さん、私、お母さんにさよなら言っちゃった。ごめん、お母さん。

【……なあに、あなた、まさか泣いてるの？】

「あのね、お母さん。大事な話が、あるの。私、携帯壊しちゃって」

【いつか壊すと思ってたわ。ちなみにお父さん、先週トイレに落として壊したわ】

「お父さんとお姉ちゃん達と一緒に、こっち来れる？」

【なに、どうしたの】

「凄く、大事な話があるの。戻りたいけど、ちょっと戻れなくて。それで、ごめんだけど、来て、もらえませんか」

勝手にさよならしてごめんなさい。一人で勝手に決めてごめんなさい。

【……あなた、どうしたの？】

「お母さん、会いたい。会って、話したい」

【……分かったわ。それにしても、あなた、ちゃんと食べてる？　何かいるものあったら持っていくわよ】

「あ！」

【なによ、いきなり！】

「手足の長い成人男性の服が欲しい。あと、そんなに大きくない男の人と、中学生くらいの男の子の服も！」

【あなた、本当に何やったの⁉】

「何もやってないような凄くやらかしたような感じです！」

なんかごめんなさい！

何も聞かないでいてくれた優しさから一転し、お母さんから繰り広げられる激しい追及を、十円玉切れるから戦法を使って回避した。受話器を置くと同時に、美代からもらったテレホンカードが嘘を咎めるようにピーピー鳴いて返却された。

あとはコンビニに行って必要な物を買って、帰り道はルートを変えてスーパーに寄った。そして、よしと気合いを入れて走って帰る。太陽とアスファルトの反射にじりじりと焼かれながら、猛ダッシュだ。

アパートに駆け込み、急いでノックする。しかし、その前に扉が開いた。

[おかえり]

[ただいまよ！]

扉を開けてすぐにルーナがいる幸せ。ほっと肩の力を抜いたルーナがいる幸せ。

幸せなんだけど、ルーナ含めて部屋の中がカオス。

私は慌てて扉を閉めて、買ってきた物を冷蔵庫に放り込みながら、ほかほかとさっぱりしたイツキさんをちらりと見る。全力で視線を逸らされた。何も言いませんとも。手持ちの札が少ない条件下で、頑張ってくれたのは分かりますとも。

でも、私のよれよれジャージと、パジャマ二本、よく分からないキャラクターがいい笑顔してるのと、ハート模様が散りばめられたズボンを穿いている三人。つまり、皆の格好がもれなくカオス。大体全部丈が足りない。しかも上半身裸。更なるカオス。ちなみに柄がいまいちなのは安かったからです。二本で五百円だったよ！　安いのって、柄がびっくりするほどカオスなのが多い。

戦利品である下着と髭剃りを差し出し、男子身づくろい大会が繰り広げられている間にクローゼットを探る。私が入れていた時より綺麗に入っていた。どうもすみません。

ちなみにアリスちゃんには、下着を渡す時に気を使ったら怒られた。普通のしかなくてごめんねと謝った瞬間、凄まじい青筋が額を走り抜けていったのだ。

「……唯一の男子といえど、忙しくてなかなか家に帰ることのできない詫びを兼ねて、彼女達の趣味に付き合うことで鬱憤を晴らしてもらっていただけであって、貴様、私が好き好んであれを着用していたとでも思っていたのか？」

「アリス。カズキの顔は手当てするから別の場所にしてくれ」

うんっと思いっきり頷いたら、特大の青筋を見せて伸ばされた手が、洗面台から飛んできたルーナの声で彷徨った。ルーナ、よく分かったね。眼が後ろにあるどころか、むしろ切り離しが出来るんじゃないかと疑うほどの精密さだ。

アリスちゃんの手は結局チョップに収まったけど、思ったより痛くなかった。

なので、特に悶えることなくごそごそとクローゼットの中を漁る。

あれ、どこしまったかな。たぶん、どっかにあったんだけど。テレビでやってて面白かったから買っちゃった！　と、何個も買ってきたお父さんが、節約の誓いをコロッと忘れたことに怒髪天を衝いたお母さんに肉じゃがをじゃがじゃがにされていた物が確かどこかにあったはずだ。これしかなかったからとそればかりを買ってきたのも敗因である。せめて皆も着られるMとかSにしてくれたら、全部紳士用でもお母さんはあそこまで怒らなかったと思う。

一人髭を剃る必要がない上に、私の普通の上下で事足りたユアンは、膝下までのズボンとTシャツを着て胡坐をかいていた。可愛い。テレビに齧り付きつつこっちも気になるようで、あっちもこっちもきょろきょろしている。しかし身体はテレビ寄りだ。正直でいいと思います。でも、もうちょっと離れないと目が悪くなるよ。

「カズキ！　カズキ、これ何！」

テレビの説明は既にイツキさんから受けているのか、偶にびくっとしつつも不審がってはいない。でも、気のせいだろうか。テレビを乗せている倒した三段ボックスに傷がある気がする。さあ、斬りかかったのは誰だ。誰にせよ、イツキさんが必死に止めてくれたんだろうなと思うと、彼一人に全員任せてしまって申し訳なくなる。

「あった、これだ。えーと［何とは何事？］」

［これ！　このティヴィっていうの何言ってるのか分からないけど、こいつ何⁉］

［テレビよ。そしてそれらはペンギンよ］

［ぺんぎぃん］

［極寒の地にて居住いたしている動物よ……温かき居場所にも居住して致していた気配もするよ！］

［ぺんぎゅぃん。あれは？　でかいの！］
［トド］
［とど］
地球世界の生き物動物紀行は、ユアンの心をがっちり掴んだ。目をきらきらさせて齧り付いている。続けてサバンナとガラパゴスの特集だよ、よかったね。音量上げていいよ。
ユアンの位置をちょっと下げてから、発掘した塊を三つ持って洗面台に向かう。足の踏み場もなかった武器が、立てたり積んだりと横に寄せられている。でも狭い。男三人がぎゅうづめだ。丈が圧倒的に足りないズボンに上半身裸。カオス。バスタオルなくてごめんね。洗うのも乾かすのも面倒なので、フェイスタオルのみを使用していたツケがまさかのルーナ達に回った。髪と身体で一枚ずつ使ったほうが、バスタオル一枚干すより楽だったんですごめんなさい。
その様子を一歩離れて見ていたイツキさんは、私の高校ジャージの上下を着用していた。着れましたか。よかったです。
安全圏の服を着用しているイツキさんは、とても申し訳なさそうに視線を逸らした。そんな顔をする必要はないのだ。彼は自分だけ助かろうとしたわけではない。だって、イツキさんとルーナ達は体型が違いすぎる。ルーナ達では、このジャージは着用できないはずだ。誰も悪くない。強いていうなら、私がメンズＬサイズをほとんど持っていなかったのが悪いのである。
それなのに、イツキさんは本当に申し訳なさそうに視線を逸らす。
［………すみません］

KUSURI

「…………いえ」

「…………普通のは、皆さん、太腿が、どうあっても入らなくてですね。あと、胸と肩と腕が」

「ほとんど全てと申しますね！」

筋肉ある成人男性が着られる服は、この部屋にはなかったようだ。服を着ていたらそんなに太く見えないけど、要所要所の筋肉が張っているから仕方ない。戦闘職だから仕方ないのである。剣は鉄の塊だから大変重いのだ。そりゃ、鍛えられるよなぁと思うほど、本当に重い。

髭を剃って整えた三人が手に取った下着のTシャツを回収していく。不思議そうな顔をしつつ、素直に手放す皆はえらい。

「カズキ？」

「こちら着用のほうが、まだ、よきかなと」

お母さん達がいつ来られるかは分からないけど、上に下着のシャツしか着ていない男がぞろぞろいるよりましだと思うのだ。私は、チューブ型の物体を三つ並べた。不思議そうに首を傾げた三人の隣で、イッキさんがわっと声を上げる。

「あ、これ前にテレビで見ました！」

「父が面白がり、大量購入を試みた結果、大惨事となった一部を頂戴致しました」

「え、ええー……」

圧縮Tシャツを解いて三人に渡す。これなら紳士用のLサイズだからみんな着られるはずだ。なんとなく三つ貰ったけど、ちょうどよかった。あの時の私を褒め称えたい。そして、自分以外は婦人しかいない家族用に、紳士用Lサイズオンリーを買って帰った父は、じゃがじゃがの刑が相応しいと思うのだ。

［カズキ！　あれ、あのでかい魚！　何ていうの⁉］

［クジラー］

［カズキ、なんかクリラいなくなった！　なんかうまそうなのが！］

［え⁉］

チャンネルが変わっている。どうやら興奮したユアンがリモコンを踏んづけたようだ。テレビに映っているのはどこかの県のどこかの店の、行列の出来るラーメン。

皆の眼がテレビに向いている中、ユアンだけは私を見つめている。

私は無言で、さっき買ってきたお弁当を六人分差し出した。

近所の木村スーパーのお弁当、あのお店で作ってるし、店長の奥さんが昔シェフやってて、シェフのきまぐれランチって名前のお弁当、凄く美味しいですよ！　学生も、近所の主婦も、お年よりにも大人気。洋風、和風、中華の三種類。シェフのきまぐれランチ、４９８円！　六人分は結構痛いけど、美味しいから皆さあ食べて！

［…………お前、作れよ］

ぼそっと呟いたツバキの頭をイツキさんがはたく。

［同感であるだがツバキ！］

私は颯爽と立ち上がり、台所に戻った。そしてコンロの下を開く。

［ツバキ、こちらは、一人生活を致している私の調理器具です］

小と中の鍋一つずつ。中サイズのフライパン一つ。ボウル一つ。

食器だって一人暮らし用の分しか想定していない。お箸もなければ茶碗もない。ラーメンにしたって、鍋で二人、フライパンで一人、ボウルで一人。そこまでしてもまだ足りないので、器を回して食べることになる。どんぶりも一つしかありませんよ！

美代とか友達が泊まることはあるけど、食器又は食料は持込み制である。

［六人分一斉にまかなうは、私の腕では難しきよ！］

必殺カレー、鍋、スープの大鍋技が使えない上に、ご飯だって三合までしか炊けない。そもそもお米自体、あと二合しかないのだ。明日は木村スーパーのポイント三倍デーだから、まとめて買うつもりだったのである。

六人分のお弁当を並べたらぎゅうぎゅう詰めになってしまった、冬は炬燵に早変わりする暖房器具兼テーブルに、かろうじて三つあるコップを並べていく。一個は、こっちで口座を作った時に銀行でもらったコップだ。続いて、お椀、お茶碗、中鉢を置いて、氷を放り込む。そこに、さっき作ったばかりの麦茶を注ぐ。ペットボトルを買ってくればよかったんだろうけど、流石に腕が千切れそうでした。ごめんね。薬局でシャンプーとか洗剤の追加も買ったのが大きかった。腕が痛い。

そうして私達は、シェフのきまぐれランチ弁当を頂いた。これ何それ何と騒がしかったけれど、概ね好評だった。でも、最初に、和風を選んだイツキさんの卵焼きが私のより小さいとちくりと文句言ってきたツバキにうちのフォークは渡さなかった。ルーナとアリスとユアンに分配し、ツバキにはスプーンだ。付け合せのスパゲティに悪戦苦闘するがよい！　割り箸ならあるよ！　あのね、我が家にフォークは三本しかないんだ！　ほんとごめん！

約一名苦労していたけれど、それ以外食事は恙なく終わった。

［カズキ、何か手伝えるか？］

［大丈夫。ルーナ達は休憩しているよ］

お弁当のパックを軽く洗い、ゴミ袋に突っ込む。さて、デザートにアイス買ってみたんだけど、どうしようかな。

部屋の中を見ると、テレビを見ているようでいて、皆ぐったりしていた。そりゃそうだ。だって、さっきまで命がけで戦っていたのだ。そこから休まず異世界渡りに怒涛のお風呂と服なしの悲劇。疲れていて当たり前だ。気は張っているようだけど、やっぱりどこか気だるげだった。

一応お腹も膨れ、傷の手当てもしてさっぱりして、涼しい部屋で座っていたら、眠くなったっていいと思う。幾ら彼らが戦いなれているとしても、ずっと気を張り続けているなんて人である以上不可能だし、してはいけない。

ユアンは、象の親子を見ながら船を漕いでいる。ルーナと目が合って、ユアンと布団を指さす。ルーナは黙って頷いてくれた。そして、かくりと首を落としたユアンが倒れ込む前に抱き上げ、布団に寝かせる。

私は、パソコンの前で静かに座っているイツキさんを口ぱくと手招きで呼んだ。イツキさんはツバキに小声で何かを言って、音を立てないようそぉっと移動した。

「どうしました？」

「ちょっとご相談が」

「え？」

ひそひそと話しながら脱衣所に向かう。ここにあるのはルーナ達の服だ。

「……一応おしゃれ着洗いするつもりですが、洗濯機に入れて大丈夫だと思います？」

「う、うーん、僕、あまり詳しくないんですけど……色落ちするかもしれません。染料がもろに草花ですし」

「ですよね」

冬服だとそこへ更に分厚さが加わる。いっそバスタブに入れて足踏み洗いしたほうがいいのだろうか。マントなんて、安いカーテンなんて目じゃないくらい分厚いし重たい。

かろうじておしゃれ着洗いの分別が出来る程度の私と、高校生の時分にこの世界から離されてしまったイツキさんに、異世界の服の仕分けは難しかった。うんうん唸りながら、最終的に頭を抱える。

「……あの、カズキさん。とりあえず一旦休みませんか？」

「あ、お疲れのところすみません。ユアンの横で寝てもらえると。うち、客用布団がないんです」

「いえ、そうじゃなくて」

イツキさんは更に声を潜めて手招きする。身を屈めて耳を寄せると、内緒話の体勢に入った。

「多分、カズキさんが休まないと、ルーナさん達休みませんよ。僕も休まないとツバキ寝なさそうですし、ちょっと昼寝でもしませんか」

部屋の中を覗くと、全員会話もなくぐったりとしているにもかかわらず休む気配がない。成程、確かに。私とイツキさんは頷き合った。

皆の服は軽くゆすいでからバスタブに張ったぬるま湯につけておこうと、イツキさんと一緒に装飾品を外していく。作業中、段々言葉少なになっていたイツキさんを追いかけず、黙々と作業していると、やがてぽつりぽつりと話してくれた。

「…………僕、朝に学校行こうとしてて、向こう行っちゃったんです。学校にも行ってない、家にも帰ってこないで、次の日には公開捜査されてたみたいです」

「…………はい」

ぽつりと、イツキさんが言った。私が出かけている間に、パソコンで調べたのだろう。

恐らく、その頃は色んな所でニュースになっていたはずだ。だけど私は知らなかった。たぶん、一番ニュースになっていた一か月は向こうに行っていて、帰ってきた頃には下火になっていたのだと思う。何も解決していなくても、人の興味も関心も、当事者以外の中では薄れていく。時の流れより何倍も早く、人の興味は流れていくのだ。今までは何とも思わなかった事実が、酷く苦い。

「…………あの、イツキさん」

「…………はい」

「私が、こんなこと言うのは無神経かもしれません。でも……十年経っていないのなら、引っ越しとか、してないんじゃないでしょうか」

はっとイツキさんが私を見る。

「……会いに、いけますよ。一緒に、行きましょう？」

イツキさんは頷かなかった。でも、首を振りも、しなかった。

イツキさんは、部屋に戻る時には噛み締めた唇が少し赤くなっているだけで、苦悩をきちんとしまいこんでみせた。

「カズキさんのご家族がいらっしゃるまで高速で二時間はかかるそうですし、どっちにしてもお仕事終わってからになるでしょうから、夜になります。それまで少し休みましょう」

「イツキ様、コウソクってなんですか？」

「えーと、通行に料金を取る代わりに、歩行者禁止にして速度重視にした馬車道、かな。一般道より早く到着するんだよ」

さらっと説明してのけたイツキさんに、おおーと感嘆の声を上げてしまう。成程、そんな風に説明すればいいのか。イツキさんの凄さに拍手していると、気のせいか、アリスちゃんが私に向けてくる視線が冷たい。冷房要らないんじゃないかな。アリスちゃんはエコ仕様である。

「そういう理由なので、皆、仮眠を取ろうよ。寝具はユアンが使用中のこれしかない故に、服をかぶってよ」

寝具代わりに使えそうな前開きになっているパーカーやカーディガンを取り出しながら、こんな時もバスタオルがあったら便利だったのかと思い知る。大きく広げられて、それなりに厚みがあって肌触りがいい。バスタオルが、異世界からお客様をお迎えした時にとても有効だったなんて知らなかった。場所取るしいらないやと思っていた過去の私に教えてあげたい。

クッションやぬいぐるみにタオル、果ては中身の詰まったティッシュの箱を枕にして、皆で雑魚寝の態勢に入る。今まで、雑魚寝は勿論、野宿だってたくさんしてきた。なのに何だか、今が一番申し訳ない。もてなしの心はあれど、物資が絶望的なまでに足りなかった。

文句一つ出ないのは流石だが、それはそれで心苦しい。クローゼットの奥まで引っ張り出して何かないかと探したが、いつ置いたか思い出せない、ゴキブリ退治用の餌しか出てこなかった。干からびていた。

カーテンを閉めて冷房の温度を一度上げてから、さあ、どこで寝ようかなとぎゅうぎゅう詰めの中に隙間を探すと、ルーナが手招きしてくれた。勿論飛び込んだ。

ルーナに引っ付いて胸にすり寄る。同じシャンプーの匂いがして、ちょっとくすぐったい気持ちになった。腰に乗っている腕に少し引き寄せられる。そして、旋毛に長い息が染み渡った。そうだね、疲れたね。

ただいま、ルーナ。ただいま出来て嬉しい。ルーナお疲れさま。ルーナありがとう。

ルーナ、大好き。

誰のものか分からない寝息が聞こえてきたから、伝えたかった言葉を全部引っ付く体温に乗せる。

私も、ちょっと疲れた。

きちんと閉まりきっていなかったカーテンが少し開いていていて、眩しい夏の光が一筋差し込んでいるのをぼんやり眺めながら、私達はすぅっと寝入っていった。

四十章　さようなら

［カズキ］
もっと寝ていたかったけど、ルーナに呼ばれるほうが寝るより嬉しかったから、半分以上目を閉じたまま返事を返す。
［おはようごじゃります……］
［悪い、誰か来た］
「え⁉」
一気に目が覚めた。慌てて飛び起きる。すぃっと避けたルーナは流石だごめんなさい。
目を擦りながら周りを見ると、カーテンが開いていてまだ強い西日が差しこんできていた。いつの間にか全員起きていて、片膝をついたまま固唾(かたず)を飲んで玄関を見つめている。イツキさんだけは困った顔で私を見ていた。
インターホン鳴っただろうか。インターホンが鳴って気づかなかったなんて、ずいぶんぐっすり寝入ってしまっていたようだ。暑い日に冷房の効いた心地よい部屋でのお昼寝。住み慣れた自分の部屋で、ルーナとお昼寝。最高でした。
ピンポーン。
そんなことを考えていたらインターホンが鳴った。イツキさん以外の身体が跳ねる。声は上げなかったものの、あれはなんだと驚愕の眼が揃って私を見た。

どうやら今のが初鳴りだったらしい。そうだ、この人達は気配を読むのに長けていた。客人が廊下や扉の前に立っている段階で気配を察知して起きるくらい朝飯前だ。知ってた。でもびっくりした。

「一樹ー？　いないのー？」

「美紗姉！」

上から二番目の姉だ。美代と名前が似てるから、美代のこと美紗って呼んじゃったことがある。ごめん、二人とも。

走って玄関へ向かう。ルーナは一瞬止めようとしたようだが、制止していいのかどうかの判断がつかなかったらしい。結局手が下ろされ、私はそのまま走り寄った。

開いた扉の先には、見慣れた、そしてとても懐かしく感じる美紗姉が、暑いねーと掌で自分を扇ぎながら立っていた。

「やっほー。私、今日早番だったから五時上がりだったんだー。あ、車はあっちのスーパーに停めてきた。んで、はい。プリーン」

ここから車で一時間くらいの所に住んでいる美紗姉は、いつも車を停めさせてもらうお詫びとお礼を兼ねて、木村スーパーで買った物を差し入れしてくれる。今日はプリンをくれた。帰りも車まで見送ると、お肉を買ってくれたりする。

しかし、プリンにしては袋が大きいし、重い。中を覗くと、他にもちょこちょこ甘いものが入っていた。おやつ詰め合わせセットだ。嬉しい。

「ありがとう、美紗姉。あの、それで」

「ねえ、なんかお茶頂戴。喉渇いちゃって。今日もあっついわねー」

「あ、うん」

パンプスを脱いで、ついでにストッキングも脱いだ美紗姉は、暑い暑いと胸元を開きながら自然な動作で私の横を通り過ぎた。いま何時かなと、ガスのスイッチの所に表示された時計を見ていた私は、反応が遅れる。ちなみに六時十五分だった。

「あ、ちょ、美紗姉！」

「え？　なに？」

台所なんて数歩で通過してしまう。

いつもみたいに寛ごうとリビングに視線を向けた美紗姉は、ぴたりと止まって固まった。その手からするりとストッキングが落ちる。ふさりと落ちたストッキングが寂しい。

美紗姉の視線の先には、美紗姉にとっては見知らぬルーナとアリスちゃんとユアンとイツキさんとツバキ。お互い初対面。互いを知るのは私のみ。ルーナとイツキさん以外は私が何を言っているのか分からないけれど、私の態度から敵ではないと判断したのだろう。いつの間にか回収されていた剣は下ろされていたが、だからといって警戒が完全に解けているわけではない。対する美紗姉も、妹の狭い部屋に見知らぬ男が五人もいたら反応に困るだろう。

両者膠着状態で沈黙が落ちる。皆のことをどう説明しようか私なりに考えていた内容が、非常事態に全部吹っ飛んだ。しかし、私がやらねば誰がやる。

とにかく美紗姉にこっちを向いてもらう為に呼ぼうと口を開いた私より、美紗姉のほうが早かった。沈黙を破ったのは、呆然とし過ぎて呆れが交ざった美紗姉の呟きだった。

「……わあ、カオスー」

それが、美紗姉が皆と交わした最初の言葉である。

◇

簡単に、異世界行って帰ってきて、異世界行って帰ってきたと説明する。十年前、私にとったら十か月前のほうである異世界行って帰ってきての話もしていなかったから、簡単に話してもそれなりに時間がかかった。けれど美紗姉は、ちょこちょこ質問をしてきたけど、後は黙って聞いてくれた。

今度は石が手元にあること。こっちでも条件が同じかは分からないけど、パソコンで調べた結果、次の満月は五日後であること。石は、恐らくだけど、次に使えばもう使えなくなること。

私も、一緒に行きたいこと。

全部話した。否定も笑い飛ばすこともなく全部聞いてくれた美紗姉は、私が話し終わったのを確認して、深い深いため息を吐いた。そして、ぐるりと部屋の中を、皆を見回す。

「…………とりあえず、着替え、買ってくるわ。あんた、幾らなんでもこれあんまりでしょ。イケメン達に何してくれてんのよ」

　そう言って、ふらりと立ち上がる。

「美紗姉……イケメン好きだよね」

「大好き」

　暗くなってきた部屋に気付いて慌てて電気をつけたけど、美紗姉の顔色は真っ白なままだ。

「……信じて、くれるの？」

「何言ってんのこの馬鹿ついに本物の馬鹿になったかいや元々本物の馬鹿だった、とは思った」

　そこまで一息で言い切った美紗姉は、苦笑して私の額を小突いた。

「あんたは馬鹿だけど、無意味に嘘つかないし、こんな心臓に悪い嘘はつかないし、嘘って分からない顔で嘘ついたり出来ないって、知ってるからね」

「美紗姉……」

「まあ、他にも理由はあるけど、何はともあれイケメンのウエストと股下測っていい？　あと、肩幅。いやぁ、役得役得！」

「美紗姉⁉」

　しんっと静まり返った中じゃ気まずいにも程があるから、テレビでも見て寛いでほしいという美紗姉の要望通り、全く楽しそうな気配もなく黙々とテレビを見ていた皆が勢いよく測定されていく。

　青褪めていても美紗姉のパワーは圧倒的だった。言葉が通じないはずなのに皆の動揺が薙ぎ倒されていく。言葉が分かるルーナとイツキさんさえ無言だった為、爛々（らんらん）とした美紗姉の圧倒的パワーだけが輝いていた。無言というか、何を喋ればいいか分からなかったのだと思う。何せ美紗姉の眼は爛々と輝き、大丈夫だよ取って食いはしないからと説明したものの、自信は全くなくて目を逸らしてしまったほどだ。

姉妹の話し合い中、知らない人達にじっと見つめられていると気まずいから。そんな繊細な理由でテレビをつけていたとは思えないパワーで皆の測定を生き生き終えた美紗姉は、靴を履き直した。ストッキングは面倒だったらしく洗濯機に放り込もうとして、脱衣所にずらりと並べられた武器に言葉をなくして写真を撮っていた。

「じゃあ、買ってくるわ。お母さん達には私から大まかな説明、先にしとくね。あんた電話無いんでしょ？　それと、たぶんどっかで夕飯になるから、今から予約取れるとこ探しとくわ。あんたは出かけないように。あ、皆さん食べられない物とかあるかな？」

「分かんないけど、木村スーパーのシェフの気まぐれランチは和洋中全部好評だった」

「おっけー。どこでもいいね！」

ほくほくとした笑顔で美紗姉が出かけていく。気をつけてねーと見送って、振り向いたら全員隅っこのほうにいた。ルーナだけが静かにこっちに戻ってくる。心なしかぶすっとしてる気が。あの、ごめんね。美紗姉はいいお姉ちゃんなんですよ。ただ、イケメンが大好きなだけで、あの、ほんとごめんね。怒るなら、是非とも、止められない無力な妹をですね。

ルーナは、真顔で私を見下ろした。ごくりと誰かの喉が鳴る。その内の一名は確実に私だ。

「お前は、俺にも甘えろ」

［……甘えるてた？］

［かなり］

溢れだす末っ子パワーは隠せなかったらしい。それをルーナに見られていたかと思うと、思わず赤面した。こんな私だが、一応外面というものがあり、取り繕って大人ぶっている面がある、つもりだ。……一応、ちょこっとは、あったらいいなぁと……たぶん……思っている分には自由だ。

何にせよ、それをルーナに見られていたとなるとちょっと恥ずかしい。お姉ちゃんについていけばよかったと思っていると、何故か頭の中を読んだルーナに［そういうところだ］とチョップをくらった。痛くなかった。

美紗姉が帰ってくるのと、お母さん達が到着したのはほぼ同時だった。美紗姉が買ってきてくれた服を皆が着ている間、私達家族は台所でぎゅう詰めになっている。

イツキさんだけは、着替える前に脱衣所で髪を切っていた。成人の男性でこの髪の長さは目立つ。美容師の亜紗姉は快く引き受けてくれたけど、前髪を切る用に私が買っていた散髪用はさみの切れ味が悪いと怒られた。そう言われましても、買ったばかりです。

家族が揃うといつもはわいこわいこと騒がしいのに、今は奇妙な沈黙が保たれていた。じゃくじゃくと、イツキさんの髪が切られていく音だけが響く。はさみであっても刃物が使われることにツバキが難色を示し、傍についていたいと言い張ったけれど、イツキさんの指示により渋々着替え組にいる。

そのツバキがいる部屋からは、服の着方に悩む声とかいろいろ聞こえてきた。イッキさん、早く戻ってあげてください。

［しかし、異界渡りの状態が以前と違うということは、石自体が変質しているということか？］

［だろうな。そうでなければ、以前カズキだけが消えたことに納得がいかない］

［……納得いくかどうかじゃないんじゃねぇの？］

［この服、イッキ様が最初に着用されていた服の構造に似てるな。なんだっけ……チ、チヤック。チアック？　チアップ？］

イッキさん、早く戻ってあげてください。

いろいろと未知の物体になっていくのを聞きながら、私はこっちの沈黙を打ち破ろうと努力した。

「み、美紗姉！　お金払う。レシート頂戴」

「社会人舐めんな。要らないわよ」

「そういう訳にはいかないよ！」

そこまで甘えるわけにはいかない。食い下がる私の肩を、お母さんがぽんっと叩いた。

「大丈夫よ。あんた、そっち行くんだったら大学中退するんでしょ？　まだ後期の学費振り込んでないから、そこから美紗に払っとくわよ」

けろっと言ったお母さんに目が丸くなる。美紗姉が大まかな説明をしてくれているらしいけど、怒られるだろうか、信じてくれるだろうか、悲しませてしまうだろうかとそわそわしていたのに、お母さんは、あら、洗濯物？　と腕捲りしてお風呂場に突入していく。

「お母さん⁉」

「何よ、おっきい声出して。千紗、手伝って。今日は一晩中晴れるから、今から干しときましょう」

「信じてくれるの⁉」

「一樹、声が大きいわ。ちょっと寄って。お母さん、洗剤これでいい？」

千紗姉からよいしょと洗剤を受け取ったお母さんは、呆れた顔になった。

「信じるしかないでしょ」

「だって、荒唐、無稽じゃない？」

「あんたが難しい単語をっ……！」

「お母さん⁉」

うっと涙ぐんだお母さんに変わり、亜紗姉が私を引っ張る。

「美紗姉が、あんたが向こうの言葉で会話してたって言ったから、皆、信じるしかなかったのよ」

「え？」

「考えてもみなさいよ。あんたが！　新しい言語を覚える、そして覚えられるなんて、何か特殊な事態があったとしか考えられないでしょ」

なーるほど！

物凄く納得した。何よりの説得力を誇ったのは、私の馬鹿だったのである。

私とイツキさんの頭がすっきりとしたところで、イツキさんが着替えに行く。そして、ルーナ達が出てきた。美紗姉がにんまりと笑って、私を突っつく。

「ねえねえ、一樹！　あんた、そっちの世界で生きたいなんて……さては好きな人ができたわね！」

「す、好きな人！」

「お父さんうるさい。ねえ、一樹、この中にいる⁉　この中でどれ⁉」

「この中に、お父さんの未来の息子が！　あ、なんかどきどきしてきた」

赤面したお父さんが両手で頬を押さえて身悶えている。お母さんと千紗姉も脱衣所から顔を覗かせていた。

「ねえ、いるんでしょ？　白状しちゃいなさいよ！」

せっつかれて、ちらりとルーナを見る。

「えーと、ルーナと、婚約、しました」

皆が目を見開いた。

「両想いどころかそこまでいったの⁉　でかした！」

「ちょっと、どの人がルーナかお母さんに教えてから盛り上がりなさい！」

お母さんが怒る。

「どれ⁉　どれがお父さんの息子⁉」

お父さんが泣き出しそうだ。

「えーと、ルーナ、です」

私が前に押し出したルーナに、お父さんがわっと泣き出した。

「うわぁ、イケメンだ、イケメンだよぉ……。パ、パパでちゅよーとかやったほうがいい⁉　ねえお母さん、どう思う⁉」

「子ども達が生まれた時と同じ行動取ってどうするんですか。ちょっと落ち着いてくださいよ」

お母さんに諭されて、お父さんは落ち着こうと正座する。いつもなら体育座りなのに今日は正座だ。お父さんは混乱しているのか見栄を張っているのか気になったけど、まあいつもの通りだったし、私は何より優先すべきことを伝えようと口を開いた。

「あの、皆」

皆の視線が私を向く。

「ルーナ、私よりよっぽど」

「…………初めまして。ルーナ・ホーネルトと申します」

「日本語、話せるよ」

時が、止まった。

◇

「あんたが馬鹿なせいでいらない恥かいたわ」

美紗姉は運転しながらぷりぷり怒っている。私は助手席だ。後部座席ではアリスちゃんとユアンがシートベルトを握り締めて、流れるネオンを何かの仇(かたき)みたいに睨み付けていた。
ルーナと話がしたいというお父さんとお母さんと千紗姉の強い要望により、ルーナはお父さんが運転するワゴンだ。亜紗姉は欠伸(あくび)してたけどワゴンに乗り込んでいった。イツキさんは大変悩んだ結果、ワゴンを選んだ。ツバキは絶対イツキさんの傍を離れないので、既に四名が乗り込んでいた美紗姉の軽には乗れなかったのである。

悩んだけど、石は一応こっちの車に積んでいる。丁寧に布で包んで固定してるからたぶん発動したりしないだろうけど、万が一発動してしまったら大変困る事態になるのではらはらだ。どちらか一台が向こうに行っても困るし、二台とも行っても困る。しかし、こんな危険物を私の部屋に置いてくるわけにもいかなかったのだ。アパートごと向こうに行ってしまったら目も当てられない事態となるだろう。何にせよ水から離したし、出来る限り万全の体制を取っている。後は発動しないよう祈るしかない。

私達はお店でご飯を食べた後、実家に戻る途中だ。流石にあの部屋で六人暮らしは難しい。ホテルはもっと悩ましい。オートロックなどの機能面でもそうだし、今は出来るだけ分断を避けたかった。

良くも悪くも石が手元にあるから、あの部屋に固執する必要はない。それに、イツキさんもそうだったけど、私達が向こうに行った日は、満月でも新月でもなかった。つまり、こっちの月は関係がない。それは、こっちの世界に石が無いことを示している。あちらの世界にあった石が、条件が揃った日に発動し、私達を呼んだのだという結論になった。たぶんだけど。

それが今回はどう作用するか分からないが、そこは石の光り具合で判断していくことになった。

そんなこんなで、夜の街を実家目指してランデブー。洗濯物は、実家で改めて干すことにしてビニール袋に入れ、持ち帰ることにした。アイスとプリンは皆で食べた。美味しかった。

ぷりぷり怒っている美紗姉のほっぺを見ながら、私も困った。

「そりゃ馬鹿だけど、なんで私のせい？」

「だって、あんたが馬鹿だからあの人が日本語覚えたんでしょ？」

「なんで知ってるの⁉」

「お姉ちゃんは何でもお見通しなんですよーっていうか、多分みんな知ってるわよ」

「皆エスパーってずるいと思う。なんで私にも遺伝しなかったの？」

「いや……お父さんは知らないかも」

「お父さんが遺伝した！　じゃあ禿げないね！」

「お父さんの家系ふさふさだもんね。よかったわね。お母さんの家系もふさふさだけどね」

前を走るワゴンではどんな会話が繰り広げられているんだろう。そういえば、前に乗ってるメンバーで日本語話せないのツバキだけだ。疎外感満載だったらどうしよう。私も一緒に乗ってツバキと話していたほうが良かっただろうか。いやでも、イツキさんいるし大丈夫かな。

そんなことをぼんやり考えていると、ミラー越しに美紗姉と目が合った。

「あのさ、一樹」

「うん？」

「私達、反対してないけど、別に賛成してるわけでもないからね」

「……うん」

赤信号で停まると前の車の様子が少し見える。後部座席のイツキさんが、横に座っているツバキに何かを教えて指差していた。

「特に去年だけど、あんたずっと元気なかったでしょ。その理由が私達にもようやく分かって……だから、あんたが向こうで生きたいって言った時、ああ、やっぱりって思ったよ。去年のあんたは、何を無くしたんだろうってみんな思ってた」

美紗姉は、もう私を見てはいなかった。

「そんなあんたを知ってるから反対しないだけで、手放しで賛成してるわけじゃないからね」

青になって動き出し、再び世界が流れ始める。

夜の世界は、光が伸び、あっという間に置き去りになったと思えば次の光が溢れた。忙しない世界。音も、光も、情報も、全てが溢れかえる。

「あんたが自分の人生を見つけたって言うんなら、喩えそれが異世界でも応援はしてあげたい。でも、わざわざ余計な苦労しなくてもとは思うわよ。家族だもん」

「うん」

「信じざるを得ない条件が揃ってる状態だし、あんたはもう決めてて、時間があんまりないから、泣き叫ぶより楽しい時間を過ごしたいってなってるだけだって、忘れるんじゃないわよ」

「うん……ごめん、美紗姉」

「何が」

「迷惑、かけて」

「イケメンの面倒を見ることの何が面倒なもんですか！」

輝かんばかりの笑顔が、悲しみより楽しさを優先してくれた優しさだと、私はもう分かっていた。

私は皆に、何も言っていなかった。

たから、言えなかったのだ。けれどみんな知っていた。分かっていたのだ。ちゃんと、見ていて、癒えなかっ

くれたから。今だけじゃなくて、ずっと。小さな頃から。

どうしよう。ディナストに追われた宮殿で、一度別れを告げた時よりずっと、泣き出したくなっ

た。

「マ、カズキ」

後ろから控えめに聞こえてきたやっぱりメカジキに似ている呼び声に、慌てて振り向く。

「ユアン、どう致した？　酔った？」

「俺は平気だけど、アリスが」

「え!?　アリスちゃん!?」

船で酔っていたアリスちゃんだから、車にも酔うかもしれない。船は、最終的には平気になって

いたから大丈夫かと思っていたけど甘かった。

気に留めていなくて申し訳なく思いながら、慌てて視線を移動させる。

しかし、アリスは酔っていなかった。

針金どころか鉄棒が入っているのか疑うほど真っ直ぐに座

ったまま、微動だにしていない。瞬きもしているのか怪しいところだ。だから酔ってな……いや、酔ってる⁉　凄い無表情！　どっち⁉

微動だにしないアリスに、美紗姉も慌てる。

「私の後ろの人大丈夫⁉　ミラーに映ってるの、真夏のホラー特集みたいになってるんだけど⁉　乗せた覚えがないのにいつの間にか乗り込んでる奴だよ、これ！」

「アリスちゃん⁉　アリスちゃーん⁉」

「ちょ、せめて瞬きするように言ってくれる⁉　イケメンなだけに迫力が半端ないわ！　もしもーし！　死んでたら返事してください！」

沈黙が落ちた。美紗姉はぱっと笑顔になる。

「返事がない！　生きてるわよ！」

とても素敵な笑顔だった。

そしてアリスは酔っていた。

◇

椅子を下げて、前に引く。ミラーを調整して、後ろを見る。全員シートベルトを締めたのを確認して鍵を回す。ぶろろろんとエンジンが唸る。

「じゃあ、行くよー」

「大丈夫か⁉　カズキ、お前が本当に操縦できるのか⁉　この鉄の車を⁉」

「これでも免許持ってるんですけどね。仮免の時はこのワゴンで練習してたし、多分大丈夫ー。でも久々だから、あんま驚かさないでください。私は立派なペーパードライバー」

「駄目だ！　こいつこっちの言葉話す余裕がない！　イツキ様、下りてください！」

「免許か……いいなぁ」

いろんな思いが篭ったイツキさんの言葉にきゅっとなりながら、私はアクセルを踏んだ。オートマ最高。ギアがないって素晴らしい。だってギア忘れた。

昨日実家に戻った。既に深夜に突入していた時間から、我が家は騒がしくなった。ご近所迷惑になっていないといいのだが。

何とか、五人家族の家に＋五人の客人が暮らせる状態を用意し終えたら、立派に日を跨いでいた。三人で二枚の布団を使ってもらう状況になったが、善処したと言えよう。

今日は、家の車を借りてイツキさんの実家に行くのだ。イツキさんはまだ迷っているみたいだけど、満月まで時間がないことと、お母さんとお父さんが、会うにせよ会わないにせよ帰ってあげてと頼み込んでいた。そして、彼は頷いた。イツキさんだって、会いたくないわけではないのだ。ただ、会えないと、思ってしまっているだけで。

学生の内に取っとくと後々楽だからとのアドバイスで、免許取っといてよかった。最初は大きい車で練習したほうが後々楽だからとのアドバイスで、お父さんのワゴン乗り回していてよかった。普段は乗らないからと、免許書携帯していなくて本当によかった。携帯してたら今頃向こうに置き去りだ。あっちの世界で免許証が個人情報として活用される恐れはあまりないけど、こっちの世界で無免許運転は困る。

お母さんはワゴンの運転苦手だし、お父さんもお姉ちゃん達もみんな仕事だ。別に電車使ってもいいいんだけど、せっかく車があってみんな纏めて移動できるんだから、車で行こうということになったのだ。皆も電車に乗るより気が楽だと思う。そして私も楽だ。

自動ドアに斬りかかるルーナ。改札に斬りかかるアリスちゃん。タクシーのドアに斬りかかるユアン。車内アナウンスに剣を抜くツバキ。道中を想像するだけではらはらしてきた。私とイツキさんだけで抑えきれる予感は欠片もしなかった。

久しぶりのシートに体重を沈め、よしっと気合いを入れる。

［イツキさん、何処か寄りたい場所があるならば、進言致してください］

返事は予想外の方向から元気よく飛んできた。

［カズキ！　俺、ぺんぎゅん見たい！］

北極は難しい！　……いや、南極⁉

動物園は予定が合えばと約束して車を発進させる。動いた瞬間、ツバキがイツキさんを抱えて外に飛び出そうとした。チャイルドロックしていてよかった。……本当によかった！

イツキさんの助言万歳である。

我が家は豪邸でも何でもないので、車が動き出せばすぐ道路へ出る。

あの頃は、とにかく何かに打ち込みたかったのが功を奏した。幸いだったとは言いたくないし、忘れたかった訳でも振り払いたかった訳でもないけど、とにかく何かを目指したかったときに、目標が出来たのは助かった。免許取得という意味でも、落ち込みという意味でもだ。

おかげさまで免許も取れたし、気晴らしにあちこち出掛けることも出来た。こんな事態を想定していたわけじゃ全くないけども！

皆、外の景色に夢中になっている。イツキさんはそれらへの説明と自らの葛藤で忙しそうだ。そして私は寂しい。運転手って孤独だ。

方向指示器を出して右折待機に入る。かっこんかっこんと鳴る音に、皆はようやく慣れたらしくもう身を強張らせはしなかった。よかった。車線変更や曲がり角の度に車の中が戦時中になると、その度制止に奮闘するイツキさんが、到着までに燃え尽きてしまっただろう。

「ルーナ、昨夜は両親と、何事をお喋りしていたよ？」

車の切れ目を見つけられず、結局信号に矢印が出てからの右折となる。のんびり右折して、車を走らせる。無事に右折も終えたし、ルーナは後部座席の会話に交ざっていないので話しかけてみた。

「話しかけてよかったのか？」

「別段平気よ？　視線は不可能だけども」

何だ。ルーナも外に夢中で、酷いわ、皆、私の運転が目当てだったのね！　とか心の中で遊んでたけど、単に話しかけていいのか分からなかっただけのようだ。全員から矢継ぎ早に話しかけられると、聖徳太子（しょうとくたいし）ではない私は全部華麗に見事に聞き流す事態となるが、そうでないなら問題ない。

助手席に座るルーナは、黙々と読んでいた車の説明書を閉じた。酔わないのかな。そして、ルーナは別に外の景色に夢中になっていたわけではなかったらしい。異世界の景色より説明書を熟読。可愛い。

「カズキは、凄く愛されて育ったんだなと、改めて思い知らされたよ」

「……何事を話したの？」

「娘さんを俺にくださいを」

「本人抜き打ちで⁉」

ちょっと待って。道理で昨日イツキさんが何かを言おうとしては何度も躊躇っていた訳だ！　今日の遠出のことだと思ってたのに、あの気まずそうな視線の逸らし方、絶対に話したかった要件はこっちだ！

「え⁉　皆、なんと⁉」

「早まるな人生投げるにはまだ若いぞ気は確かか眼鏡要るか大丈夫かしっかりしろ傷は深いぞもう駄目だ、もってけどろぼー、と」

一息で言ってのけたルーナは凄い。でも、その光景が目に浮かぶ。

結婚の挨拶（あいさつ）を私の家族に話すのに、私が抜かされる悲しみ。交ぜて！　寂しい！

その頃私は、アリスの蘇生に勤しんでいた。しかし助手席から出来ることはほとんどなく、アリスは自力で生還を果たした。

今日は大丈夫かなとちらちら確認しているが、頑（かたく）なに外以外を見ないのであまり大丈夫ではないらしい。船はそのうち慣れていたけど、車はどうだろう。慣れるほど乗ることは、きっとない。

「日本語を覚えてよかったよ。妥協じゃない言葉で、きちんと伝えられたから」

「私も、ルーナのご両親に挨拶したいんですが」

「是非そうしてくれ。二人とも、きっと喜ぶ」

柔らかい声は、ルーナが私を、ホーネルトご夫妻に紹介してくれることを指している。それ以外はいないのだと、無にならない感情が伝えていた。自分でも分かっているのだろう。ルーナは小さく笑ったようだ。運転していて横を向けないけれど、なんとなくどんな笑い方をしているのか分かった。

「俺にとって血縁とは、昔近所に住んでいた人間程度の認識だ。家族になってくれたお二人とも、一緒に暮らした時間は少ない。だから、カズキにはきっと苦労をかけると伝えた」

「ほうほう。みんな何か言ってた？」

特に問題ないのではないでしょうかとしか思えないし、皆そう言うと思うのだが。

「ご家族の言葉をそのまま借りるなら『その貴重な家族枠に入れるのあれでいいの⁉　本当に⁉　大丈夫⁉　考え直さなくて本当に大丈夫⁉』だそうだ」

家族からの信頼が強い。

「……待って？　私のお馬鹿話とかお馬鹿とかお馬鹿とか、聞いてないよね？」

「はは。お前は昔から、変わらなかったんだな」

「乾いた笑い！　全然、全っ然、家族から愛されてる感が伝わってこない！」

私の大好きな人に、私の歴代お馬鹿選手権を語られる事態のどこに大事に愛されてきた感があるというのだ。そこは内密にしてくれることこそが、私への愛だと思うのである。

「泣かさないでくれとは、言われなかった」

「既に泣きそうなんですが」

愛は？

「きっと泣くだろうから、気付いてやってほしいと、言われたよ」

「泣、かない」

「俺が泣いていたら、お前は放っておいても嗅ぎつけて来るから安心してほしいとも」

「別の意味で泣きそうですね」

涙は元気に引っ込む。日頃の行いって大事だなぁとしみじみした。

ふと、私達以外で唯一日本語が分かるイツキさんをバックミラー越しに見てみる。慈しみに似ているけれど決定的に何か違う、何とも言えない顔で私を見ていた。イツキさんは優しいから何も言わなかったけれど、本当に、本当に何とも言えない顔をしていて、振り向いたツバキがびっくりしていた。そして、私へ盛大なる疑いの目を向けた。濡れ衣、ではないけれど、私達に罪はない、はずだ。


イツキさんの実家は、私の実家から車で一時間半くらいの所だった。結構近くて驚いた。流石に高速は怖いので、下の道をのんびり進む。途中で道の駅にも寄った。お昼もそこでとったけど、外国人観光客と間違われたルーナ達は、英語で話しかけられて盛大に困っていた。

流石のルーナも知らない言語は喋れない。私とイッキさんは通訳さんと思われたようで、翻訳してあげてという視線が集められるも、勿論、二人揃って視線を逸らした。英語分かりません。

乾いた必死の愛想笑いで何とか誤魔化し、昼食をとる。私はきつねうどん、ルーナとアリスちゃんもきつねうどん、ユアンもきつねうどんの食券を買う。イツキさんはわかめうどん、ツバキもわかめうどん。

皆、自分の好きなの選んでいいんですよ……？

ユアンの為にも肉うどんにしたほうがよかったかなと悔やんだ。イツキさんもしまったなぁという顔をしていた。しかし、好きなのを選んでねといった手前、彼らが自分の意思で選んだ物なのでそれ以上何も言えなかった。ただし、お箸はフォークに変えるよう進言した。

のどかな住宅街から、都会に比べたらのどかだけど田舎の中ではそれなりに混み合った街中を抜けてまたのどか。景色の中にぱらぱらと田んぼや畑が混ざり、学校などの大きな建物が増えていく。コンビニの駐車場が大型トラック用に凄まじく広いほどでもなく、普通に広い田舎度の場所に、でで一んと現れるショッピングセンター。

かっこんかっこんと指示器を出して駐車場に入る。平日だけど他に集まる場所がないからいつだってそれなりに混んでいるので、立体駐車場に上がっていく。

イツキさんの実家はこの近所だそうだ。本当はそのまま行こうと思っていたけど、どうにもイツキさんの心の準備が整わないので、ワンクッション置くことにした。

幸いエレベーター付近の場所が空いていて、そろーりそろーりとバックでいれる。

「ついたー！」

久しぶりに使った神経から、どっと疲労が湧いてくる。筋肉痛にはならないけど、神経が疲れた。

「お疲れ様です、カズキさん。あの……何から何まで、本当にすみません」

「大丈夫ですよ！」

何が大丈夫か分かんないですけど、なんか大丈夫です！

さあさあエレベーター、と待っていたら扉が開いた瞬間四人が飛びのいた。中に誰も乗っていなくてよかった。乗ってたら、何もない腰に手を当てて盛大に空振りしながら体勢を低くした四人は、完全にアウトだ。

いや、イケメンだったら許される。そんな気がする。「忍者に憧れる外国人観光客です」で通そう。そうしよう。別に誰かに説明する予定もないけど、私とイツキさんは無言で頷き合った。そして、武器を置いてくるよう長い時間をかけ説得して本当によかったと、出発までの多大なる苦労を思い出し、二人で健闘を称え合う。無言で。

なんとか無事に店内には入れたので、適当に店の中を見て回る。

「何事か、購入したいものがあらば申し出てね」

そう言ったはいいものの、女性服のお店がセールワゴンを出していてふらふらと寄ってしまう。特に他に目的がないからか、皆も集まってしまった。

せっかくだからルーナの好みを探ってみよう。

「ルーナ、こちらどう思われる？」

［可愛い］
［こちらは？］
［可愛い］
［……そちらは？］
［可愛い］
駄目だ、何にも分からない。
［アリスちゃん、アリスちゃん。こちらは？］
［分からん］
［こちらは？］
［分からん］
［……そちらは？］
［分からん］
駄目だ。分からん。切ない！
紳士服もあるお店だから、ツバキは楽しそうにイツキさんに服を合わせている。イツキさんもツバキに似合う服を探していた。
どうぞ、ルーナ達も自分の服を探しに行ってください……。
やっぱり女の買い物に付き合わせるのは悪女だったかと反省していると、ユアンが横でそわそわしていた。

「ユアン？」

「カズキは二番目の服が一番似合ってた」

「ユアーン！」

いい子！　大好き！

持ち帰れるかは分からないけど、厄落としも兼ねて存分に使ってこい！　というお母さんからのお達しで、お金に糸目はつけない買い物楽しい！　超楽しい！

うきうきの私の手には袋が二つぶら下がっていた。ユアンが可愛いと言ってくれた服と、本屋で買った雑誌だ！　……どうやら私に、セレブ買いのハードルは高かったようだ。皆も何か買ってほしい。何も欲しがらないのに、荷物は持とうとしてくれて丁重に断った。自分の荷物は腕が引きちぎれない限りは自分で持つ心づもりだ。

結局みんな何も買わないので、フードコートでおやつを食べる。食べ物には使っているから良しとしよう。

もぐもぐドーナツを頬張っていると、聞き覚えのある声が響いた。

「須山さん!?」

くるりと振り向くと、健くんがいた。小さい子をぞろぞろ連れている。

「あれぇ？　一樹じゃん」

「美代？　あれ？　親戚のお家この辺なの？」

「そそそ。っていっても、もうちょっと山のほう。母さん達はお酒とか果物とか色々買ってるから、チビちゃん達の世話頼まれちゃって。私達は一番上だからねえ」

そりゃ大変だ。健くんは、子ども達にドーナツをせがまれている。

「おばさん達がいいって言ったらな」

けちの大合唱。

「頑張れ、健！　私と一樹が応援しています！」

「須山さんはともかく、姉貴は頑張れよ！」

同感である。

ぶぅぶぅ文句を言う子ども達を、林檎ジュースでなんとか椅子に収めた美代と健くんは、ぐったりと背凭れに体重を預けた。

「で、一樹は何してんの？」

「ちょっと知り合いの家に行ってるところ」

「……あんた、外国人に知り合いいたんだね。大丈夫？　言葉通じる？　アルファベット書ける？」

「いやぁ、難しいですなぁ」

「やっぱり？」

同じタイミングで噴き出す。

「やだ、もう！」

「美代が言ったんじゃん！　事実を！」

「もう、馬鹿！」

箸が転がっても楽しいお年頃は終わったはずなのに、偶に蘇ってくるお年頃に付き合ってくれる良い友達を持ったものだ。

けらけら笑う視界の端で、イツキさんが通り過ぎる学生の集団を見ていた。ぎゅっと噛み締められた唇で、もしかすると、彼が通っていた学校の生徒なのかなと気付く。そして、切なげに細められた視線が時計を見て、はっと私の視線に気付いてあからさまに逸らした。

行こうか、イツキさん。

私は、買い揃えた雑誌を美代に渡す。中身を確かめた美代は、ぐっと不機嫌になった。

「何、これ。要らないって言ったじゃん」

「うん、言ってくれたけど、私もう何も返せないから、せめて雑誌くらいね」

「え？」

「美代、あのさ、私ね、あの中の紺色の髪の人と結婚するんだ」

「んぶふ！」

美代がウーロン茶を噴き出した。健くんはコーラを噴き出す。

「それで、大学、やめるんだ」

「え、ちょ、冗談、でしょ？」

「ほんと」

健くんが口元を押さえて叫んだ。

「あ、あんな信号機みたいな奴らなのに⁉」

信号機！

赤、黄色、緑に紺色。確かに！

どうしよう、次から並んでるところ見たら信号機にしか見えない。地毛なのに。

「だから、もう、会えるの最後だと思う。もう一回、会えてよかった、皆にごめんねって伝えてくれると嬉しい。美代、友達になってくれてありがとう。友達でいてくれてありがとう！」

二人がぽかんとしている間に距離を取る。イツキさんがボタンを押してくれていたエレベーターに乗りこんで振り向くと、呆然と腰を浮かせた二人がいた。目が合った美代は、ぐっと何かを飲み込んで、唇を開く。

「一樹！　一つだけ聞かせて！　何か嫌なことあったの⁉　だから、やめるの⁉」

「違うよ、美代！　私、ここや皆が嫌で逃げたいんじゃない！　この人達と生きたいだけなの！　そしたら、日本が遠くなっちゃっただけー！」

「そっか！　分かったー！」

美代は片手を上げて、握り拳を突き出す。

「大好きだよ、頑張れ親友！」

「私も！」

大好きだよと言い切る前に扉は閉まってしまった。でも、伝わった。そう、思う。

いい友達を持った。いい人達と出会えた。こっちでも、あっちでも。私は、人の縁に恵まれた。

逃げたい場所なんてないのに。誰も彼も大好きで、みんなみんな明日も会いたいのに。大好きが増えれば増えるほど、ばいばいが増える。世界って、ままならない。やるせなくて悔しくて悲しくて切なくて寂しくて、けれどその原動力は確かな幸せで。

泣いたら視界が悪くなって運転できなくなる。ずびっと洟を啜ってハンドルを握った。泣けない状態でよかった。泣かないでいようと、意地以外でも思えるから。

行きとは違い静まり返ってしまった車内で、イツキさんがそっと話しかけてくれた。あっちの言葉だったのは、皆が理解できるようにだろうか。

「……カズキさん、ちょっと、休みますか?」

「大丈夫ですよ。あまりに遅刻すると、夕飯に待にあうなくなるので、進行しましょう」

「…………はい、すみません。そこ左です」

「ぎゃおす!」

イツキさんにナビしてもらって、ホームセンターの駐車場に停める。停めさせてもらうので何かお客さんにならなければと中に入ったら、皆の盛り上がりが本日一番だった。私も大いに盛り上がった。

とりあえず、ツバキはその神棚を置いてください。アリスちゃん、わんこはね、目が合ったとしても飼えないんですよ。ルーナ? 大きなスコップはですね、確かに戦時中何よりの武器になったと聞くけど、今の日本では持ち歩いてる人そんなにいないと思うんですよ。ユアン、折り紙はですね、色んな柄があってですね、大きさもいろいろあるし、なんと金と銀だけの特別なセットもあるんですよ。そうだね、全部買っていこうね。

　私は、除菌ティッシュと折り紙を購入して車に載せた。

「少し、歩きます」

　イッキさんに先導してもらって、私達はじりじりと日が照る中を歩き始めた。皆、帽子をかぶっている。私もお母さんから渡された日傘がなければ即死だった。帽子にするつもりだったけど、私の帽子はユアンがかぶっているのだ。

　ランドセルを背負った子ども達が、きゃあきゃあはしゃぎながら通り過ぎていく。あれ？　いま小学生が帰る時間だったなら、さっきショッピングセンターで見た制服組はサボり？

「……僕、中学生の弟がいるんですけど」

　苦しさと切なさがない交ぜになった表情で周囲を見回しながら、ぽつりぽつりと、イッキさんが教えてくれる。

「さっき、同じ制服の男の子達を見ました……期末試験でしょうかね。誠二（せいじ）も、家にいるのかもしれません」

　サボりじゃなかった。ごめんなさい、見も知らぬ少年達。かつてはあれほど苦しんだ試験だけど、ちょっと離れるところっと忘れてしまっていた。そうか、夏休み前の期末試験か。いくら普段勉強してなくて、どれだけ勉強苦手でも、頑張ったほうがいいよ。夏休み補習ってほんと悲しいから。私も先生も悲しくて、しくしく嘆きながら頑張った。

　悲しみの夏休みをしみじみ思い出し、何気なく視線を向ける。

「ならば、あの少年も試験疲れで疲労真っ最中ですかね」

公園のベンチでぼんやり座る少年を示したら、イッキさんが真っ青になった。

「カズキ！　お前イッキ様に何を！」

瞬時に間へ割り込んできたツバキの横を、イッキさんがするりと抜ける。そして、呆然と呟いた。

「セツ……」

そう、呼んだ。

少年は、こんなに暑いのに日陰を探すこともなく、じりじり照りつける太陽の下でぼんやりと道路を見つめている。日陰に入っているベンチはいくつもあるのに、日差しに炙られながら座っていた。

「あ、あの、大丈夫ですか？」

そっと声をかけてみると、ぼんやりした動きで私を振り向く。

「すみません。余計なお世話だとは思いますが、熱中症になりますよ？　日陰に入って、何か水分、を!?」

最後まで言う前に少年が倒れた。日傘を投げ捨て、両手で支えて叫ぶ。

「ルーナ――！」

「セツ！」

代表して私が声をかけただけで、皆も近くにはいてくれている。すぐに走り寄ってきたルーナが誠二君を掬（すく）い取り、日陰に移動させた。素早くボタンを外しながら首の脈を取る。

「恐らく逆上せたんだろうが、気になるなら医者に見せたほうがいいだろう」

「きゅ、救急車！」

お母さんから借りた携帯で救急車を呼ぶ。熱中症は怖いのだ。それに、いつから座っていたか分からない以上、重症度も判断できない。誠二君と同じくらい真っ青になったイツキさんは、誠二君の手を握り、がたがたと震えていた。

救急車にはイツキさんが同伴して、私達は病院名だけ聞いて後から車で追いかけた。初めてきた場所だから、病院の場所も分からなくて、車を停めていたホームセンターの店員さんに聞いたら、親切にも地図を広げて教えてくれた。地図は１０８円だった。

お買い上げありがとうございます。店員さんのいい笑顔に見送られ、店を出た。

病院は時間帯もあってかそれほど混んではいなかったので、スムーズに空きスペースを見つけた。車を降り、走らず急いで病室を目指す。

「失礼します」

病室なので、静かに声をかける。ベッドの傍に座っていたイツキさんは、私達が入ってきたと同時に立ち上がった。

「あ、座っててください。どうでした？」

「熱中症です。幸い重症化はしていなかったので、迎えが来たら帰れるでしょうと……よかった」

ほっと、声と一緒に身体の力が抜けたイツキさんは、そこでようやく笑ってくれた。

「そうですか。よかったですね」

「はい……救急車って初めて乗りました。同伴者って名前書かなきゃいけないんですね。焦りました……」

「え!?　………どうしたんですか？」

驚きで大きくなってしまった声を慌てて下げ、お互い顔を寄せる。

「……………すみません。お名前お借りしました。ご住所も」

「あ、どうぞ」

字は一緒ですしねとこそこそ話していると、外でばたばたと音がした。病院なのにと眉を顰めるべきなのかもしれないが、病院だからこそ、焦る気持ちも分かった。音はどんどん近づいてくる。それにつれ、イツキさんの身体が再び強張っていく。

「誠二！」

飛び込んできた二人を見て、イツキさんの顔が苦痛に歪む。痛くて痛くて堪らないと、今にも泣き出しそうに。それを見て、分かった。ああ、彼らがイツキさんのご両親だ、と。

きっと、私のお母さん達より若い。なのに、やつれて隈の消えない顔は色濃い疲労で、お母さん達より年上に見える。

汗だくになり死に物狂いで病室に飛び込んできた二人は、ベッドで点滴を受けて眠る誠二君の手を握って頽れた。

「誠二、誠二っ……！」

イツキさんのお母さんは泣いている。お父さんも、苦しくて堪らないと俯く。眠る誠二君の手を離すと失ってしまうといわんばかりに、縋りつくように握りしめていた。

よろめいたイツキさんが壁に背をつけた音で、お父さんが初めて同室者の存在に気付いて振り向き、ぎょっとする。色とりどりの髪色の外国人が並んでいるのだ。そりゃぎょっとする。むしろ、よく最初に気付かなかったものだ。それだけ、誠二君が心配だったのだろう。

それでも、動揺はすぐに感謝の念へと姿を変えたらしく、イツキさんのお父さんは目を潤ませて頭を下げた。

「貴方達が誠二を見つけてくださったんですか。本当に、本当にありがとうございます！」

「この子、最近全然眠れていないみたいで……先生も、疲労だと」

洟を啜りながらお母さんも頭を下げる。痩せて、がりがりになっていた。誠二君も、痩せて、顔色も悪くて。とても、育ち盛りの中学生の男の子に見えない。

イツキさんにとって、長かった十年。同じくらい、彼らにも長くて長くて堪らない十か月だったのだ。

「……私、ではなくて、彼が、付き添ってくれたんです」

皆の陰になる隅に隠れていたイツキさんを示す。イツキさんの眼が驚愕に見開かれる。非難するような、救いを求めるような、何とも言えない縋りつく視線に首を振って答えた。伝える伝えないは私が決められる問題じゃない。だけど、せめて、話す相手は私じゃなくて彼がいい。

喩（たと）えそうと知らずとも、ご家族は、彼と話がしたいのだ。

「そうですか。貴方が。本当にありがとうございました」

「誠二に代わってお礼を申し上げます。あの、宜しければお名前を」

イツキさんは、もうそんなに長くない前髪で顔を隠そうと俯き、視線の位置を自分の足元に固定している。顔を上げず俯くイツキさんに、ご両親は怪訝な顔をせず、本当に心からの感謝を伝えた。

「名乗る程の事じゃありません。どうか、お大事にと、お伝えください」

「そんなこと仰らないでください。是非お礼をさせて頂きたいんです」

「いえ、本当に、結構ですから……皆様、どうか、お元気でお過ごしください。それで、本当に、充分です」

俯いたまま部屋を出て行こうと踵を返したイツキさんが、お母さんの前を通り過ぎる。取り付く島もない様子に、お父さんも残念そうに肩を落とした。

「……行きましょう、皆さん」

反射的にイツキさんの手を握る。それでも進もうとするイツキさんと手を繋いだまま、私は一歩も動けない。

イツキさん、本当にいいんですか。本当に、最初で最後の機会を、これで終わらせていいんですか。イツキさん、止めていいなら止めますから、お願いですから、止めてほしいって願ってください！

身勝手にもそう願う私の後ろで、小さな呻き声が聞こえた。

「誠二！」

「目が覚めたの、誠二！」

お父さんとお母さんがベッドに駆け寄る。気が付いた誠二君の手を握り、よかったと涙ぐむ二人を見て、イツキさんは寂しそうに微笑んだ。

「行きましょう」

「父さんっ、母さんっ、そいつ捕まえろ！　縛り上げろ！　ぶん殴れ！」

儚い微笑みが、怒声に凍りつく。

「お前、何を失礼なこと言ってるんだ！　お前を助けてくださった方だぞ！」

目を覚ましたばかりだというのに、蒸気機関車の如く感情を滾（たぎ）らせる誠二君は、点滴が刺さっているのもお構いなしに枕を投げつけてきた。イツキさんに向けて投げられたそれは、前にいた私の顔面へクリティカルにヒットした。

「どこ行く気だ！　このっ、馬鹿兄貴！」

病室内が凍りついた。

冷房、効きすぎじゃないだろうか。

「お前、何言って……」

お父さんの震えた声に、誠二君はぎっ、と、強い光でイツキさんを睨み付けた。でも、前にいる私に凄く突き刺さる。私が前にいるからいけないのか、私の後ろにイツキさんが収まってしまうのがいけないのか。どちらか分からなかったので、そっとずれて位置を譲った私を、ルーナが無言で匿（かくま）ってくれた。

　誠二君は、点滴の棒を忌々しげに掴んで、スリッパも履かずに駆け寄ってきた。まだ無理はしないほうがいいよと伝えたかったけど、さっきまでの青白さはなんのその。暴走特急だ。機関車みたいにかっかしてる。

　動けなくなったイツキさんの前に立ち、肩を怒らせて睨み上げる。

「おい、兄貴」

「………人違い、ですよ」

「俺のことセツって呼ぶ奴が、他にいるか！」

「人違いだ！」

「兄貴っ！」

　逃げようとするイツキさんの腕を掴み、誠二君が背伸びした。

「そんな、全然変わってねぇ目してくるくせに、騙せると思ってんのかよ！　俺はずっとあんたを見上げてきたんだからな⁉　下から見るあんたの顔を、俺が間違えると思ってんのかよ！」

　振り払おうとする腕にしがみつく誠二君の後ろから、お父さんとお母さんも必死に手を伸ばしてイツキさんの肩を掴んだ。身体を竦めて顔を隠そうとする頬をお母さんが掴み、強引に自分へと向ける。

　まじまじと見つめる瞳に、みるみる涙が膨れ上がっていく。

「本当ね……一樹だわ……どうして気づかなかったのかしら、どう見ても、一樹なのにっ……！　あなた、今まで、どこに！」

泣き崩れたお母さんごとイツキさんを抱きしめたお父さんも、人目も憚らず声を上げて泣いた。

「探した……探したんだぞ……俺はずっと、一生だって、探し続けるつもりでっ………」

三人に抱きしめられたイツキさんは、真っ青にがたがた震えている。抱き返すことも出来ず身体の横に落ちたままの手は、硬く握りしめられていた。

「気味が、悪くないの。どうして、そんなっ、だって、僕はもう、二十六だよ……」

震える声で脅えるイツキさんの手に、誠二君が触れる。

「ずるいよ、兄貴。自分だけでかくなっちゃってさ」

そうして、その腕に額をつけて涙を流す。

「………会いたかったんだ、兄ちゃん。それだけじゃ、いけないのかよ。あんたがここにいる。それだけで、もう、後のことはどうでもいいくらい、俺達は、あんたに会いたかったんだよ」

イツキさんの喉から嗚咽が止まらなくなったのを聞きながら、私達はそっと病室を出た。しばらく家族水入らずにしてあげよう。そう決意した私は、はっとなる。ナースステーションからカートが出発したのだ。

検温に来た看護師さんに、どうか今は、ほんとすみません、二度手間すみません、でもどうか今は水入らずでご勘弁をと、何度も頭を下げる。ほんとすみません。

「それ、何かのコスプレ？」

特に気を悪くしたりせず、快く頷いてくれた看護師さんの邪気のない問いに、私は、信号機ですと答えた。ちなみに私は、停電した信号機です。

停電した信号機は、今日一番の大仕事を終え、扉横の壁に背を預けた。身体が重い。ちょっとだけ疲れた。色々と、ちょっとだけ、疲れたのだ。

離別と再会は、いつだって体力と気力、そして感情をたくさんたくさん使うから。この後にもう一つの離別を控えていれば、尚のこと。

泣きたくはならなかった。泣き出しそうな感情とは違う。ただ、疲れて。少し、疲れて。

壁に体重を預けて目を閉じた私に、ルーナ達は何も言わなかった。


「セツっていうのは、僕があの子につけた渾名なんです」

車に乗る前に、イツキさんはそう教えてくれた。

「昔、僕がいっちゃんって呼ばれてるのを聞いて、自分も渾名が欲しいって駄々をこねたことがあったんですよ。じゃあせいちゃんって呼んだら、同じ幼稚園に誠也君がいて、せいちゃんはもういるから駄目だって。でもお揃いがいいって言うから、イツキのツと、セイジのセを混ぜればいいかなって。……小学生なりに考えたんですよ」

そう照れくさそうに笑うイツキさんに、ツバキがちょっと複雑そうだった。イツキさんに名づけてもらった子が現れる度にそんな顔をしていたら、エマさんに頭から火が出そうな勢いで撫でてもらえると思うのだ。

そのツバキはいま、イツキさんと一緒に、後ろを走っているイツキさんちの車に同乗している。

イツキさんのご家族も一緒に我が家へ向かっていた。どうしても明日は仕事を休めないけれど、うちの近くのホテルから出発するそうだ。誠二君もそのお父さんの車に乗って試験だけ受けて、お母さんの迎えの車でまた帰ってくるという。

行きより二人分空いた車の後部座席では、シートを全部倒している。ユアンは楽しそうに広々と使って転がっていたけど、いつの間にか眠っていた。目新しいものばかりで疲れたのだろう。いつの間にかアリスもうとうとしては、ユアンに蹴られている。寝相ってどうやったら直るんだろうね。もしかしてユリンも寝相が悪いのだろうか。双子って寝相まで似るのかな。今度聞いてみよう。

「よかったな」

「ねー」

後ろを起こさないように声量を下げて会話をする。

「……なあ、カズキ」

「はぁい？」

「イツキにはもう確認を取っているが、あの石は、どうする？」

「どう、とは？」

あの石が何かが分からないほど、そんなに多くの心当たりはない。あの石とは、あの石だろう。今も車のトランクに入ってはいるけど、ほんのりとしか光っていない、あの石。でも、少しずつ光は強くなっていた。

「こっちに来たときあれほど黒い個所が増えたのなら、恐らく、戻ればもう使えなくなるだろう。イツキは、その権利の一切を手放すと言った。お前があれを所持したいのなら、ずっと持っていることは可能だ」

「砕いて」

一瞬も、迷わなかった。

「……いいのか？」

「いい。砕いて」

誰も、二度と私達のような思いをしなくていいように。

それは誰かの可能性を潰すかもしれない。誰かの出会いを奪うのかもしれない。

それでも、失わなくていいものを失う必要はないのだから。

◇

イツキさんのご家族を連れて、連絡を入れておいた私の家に帰ると、夕飯はお節だった。お正月！　お餅にお汁粉におはぎ。でも、何故か節分もやった。

いろんな話をした。主に皆が私達に質問して、私達が答えるという感じだ。でも、楽しかった。みんな笑ってて、驚いて、面白がって。全部が新鮮なのに、全部見慣れた情景に見えた。ずっと過ごしてきた時間と何ら変わらないのが、何だかくすぐったかった。

凄く楽しかったのに、私は運転で疲れたのかいつの間にか眠ってしまっていた。

起きたらお姉ちゃん達と一緒に寝ていてびっくりした。

欠伸しながら、昨日は入れなかったお風呂に入る。適当に髪を拭いてリビングに顔を出すと、皆もう起きていた。というか、出勤・登校組はとっくに出ている。時計を見ると十時に近い。お母さんとイツキさんのお母さん誠子(せいこ)さんが洗濯物を干している。お母さんは、私が起きてきたのに気付いて、籠を持って家に入ってきた。

「あんた、今日はどうするつもり?」

「家にいようかなって」

「馬鹿ね、出かけてきなさい」

「え? でも」

一緒に、いようよ。

私の勝手でいなくなることをもう決めていて、誰の説得も聞くつもりがない私はわがままだ。でも出来るだけ長く一緒にいたかった。

だけど、お母さんは私の背中をぱしんと叩く。

「夜にいくらでもみんな一緒にいるでしょ。それより、少しでも沢山の物を見てもらいなさい。同じ世界にいたって、環境なんて同じじゃなくてすれ違うのよ。出来るだけ沢山、あなたを育てて、あなたが置いていかなきゃいけないこの世界を、これからあなたと生きる人達に見てもらいなさい。それは、凄く大事なことよ。あなたを支えてくれる人が、あなたを理解してくれるものをうんと増やしていきなさい」

「お母さん……」

「ほら、ユアン君がペンギン見たいって言うし、水族館行ってきなさい。あそこ遊園地もあったでしょ？　ほらほら、スタートダッシュに出遅れたんだから、急ぐ！」

「は、はいぃ！」

つんつく背中を突っつかれて、身を捩りながら朝ごはんを詰め込む。慌てて出かける服に着替えて車のキーを持つ間、ユアンとツバキはテレビに齧り付いていたけど、ルーナとアリスはパソコン見ながらメモってた。順応って凄い。全然違和感ないのも凄いけど、生まれた時から使ってましたみたいな顔でマウスクリックしてるルーナに惚れそうだ……いや、惚れてた！　ルーナ大好き！


水族館行って、水槽に張り付き、ショーに張り付き、売店に張り付くユアンを引っ張って進んだ。ユアンにはペンギンのぬいぐるみとペンギンのステンドグラスみたいな栞（しおり）を買った。ツバキはタカアシガニのぬいぐるみをイツキさんに買ってもらっていた。凄く嬉しそうだ。あんな顔初めて見た。

アリスとルーナも何か買おうよと誘うと、アリスは散々迷って鯨（くじら）のストラップを手に取ってくれた。ルーナもルーナもと引っ張るとちゅーされた。違う。そうじゃない。

ルーナはちょっと考えて、鰐（わに）のストラップを選んだ。……気に入ったの？　色々思う所はあったけど、せっかくなのでお揃いにした。ルーナとお揃いだと思うと可愛いような気がする。大事にしよう。

それはともかくとして、大きな生き物や強そうな生き物を見る度に、勝利方法を探るの止めたほうがいいと思うよ！

遊園地でも散々遊び倒した。くじ引きでもらった頭飾りもつけて、それはもう存分に遊んだ。ルーナの頭に狼、アリスの頭に兎、ユアンの頭に猫、イツキさんの頭に鼠と、それぞれ動物の耳が生えた。可愛い。ツバキはヤギの角だった。そう来たかと思っていたら、私は触角だった。一番外れた気がしてならない。

スーパーにも寄った。青果コーナー、精肉コーナー、鮮魚コーナー、冷凍コーナー、お菓子売り場、レジ。その他全ての通路と売り場において、皆が中々動かないので大変目立った。主に、私が触角を外し忘れていたせいで。

動物園も駆け足になったが行った。しかし、こっちのほうが水族館より時間がかかったかもしれない。何せ、水族館の時と同じく、対峙したらどうすればいいかの話し合いが白熱したからである。そうそう戦う機会はないと思うけれど、町中であれ草原であれ、対峙すればまず逃げることを第一に考えなければならない一般人とは違い、もしそんな事態に陥れば誰より先に戦わなければならない立場にいるので仕方がないのかもしれない。

でも、キリンの進化の仕方に首を傾げるのは余計なお世話だと思うので、放っておいてあげたほうがいいと思う。キリンだって、何かこう、深い理由があって首が伸びたんだと思うよ！　知らないけど！

頼まれた物を買って家に帰ったら、今日は手巻き寿司だった。誰の誕生日でもないけど誕生日ケーキもある。イツキさんのご家族も既に集合していて、皆でいろんなものを巻きまくった。

ユアンは納豆を気に入って、納豆巻きばかり食べている。美味しい？　よかったね。糸引いてるよ。

ケーキまで食べ終わって一息ついた頃、お父さんがいないなぁと思っていたら、二階から大きな音がした。戦闘職四人が跳ね起きる中、大量のアルバムを持ってよろよろとお父さんが降りてくる。見るからに危ないその動きに、私は絶叫した。

「やめてぇえええ！」

そんな、恥の塊を持ってこなくてもいいじゃないか！　現在のやらかしでも穴がなかったらこの手で掘り進める覚悟を持たなければならないのに、過ぎ去ったやらかしまで掘り出されてしまったら、どうしようもない。掘れなくなったら宇宙に旅立つしかなくなってしまう。

私の絶叫もなんのその。お父さんはほくほくとした顔でルーナを手招きした。

「ルーナ君ルーナ君！　君に僕の宝物を見せてあげよう！」

「やめて、ルーナ！　ねえ、ルーナ！　わ、私と遊ぼう！　ね!?　し、しりとりとか！　おすしね！　手巻き寿司！　しからだよ！」

「しおん」

「ん――！」

しりとり終了！　わずか一秒の命でした！

「これが、カズキが生まれた時の写真でぇ」

「ふ……可愛いですね」

「だろ!?　だろ!?　この、どこ見てるか分からない眼がまた可愛くってさぁ！」

「そこから⁉　やめてぇ、見ないでぇ……」

　お姉ちゃん達に阻まれて回収しに行けない私は、消え入りそうな声で懇願した。なのに、いつの間にかアリスもユアンもツバキも、イツキさんまで混ざっている。酷い！　鬼！　悪魔！　お父さんの馬！　鹿！

「いいじゃない、私達も一緒に写ってて、一緒に恥かいてあげてるんだから」

「基本、落ちて、こけて、転がって、消えていってるの私――――！」

「そうね。あと、満面の笑みでピースした頭に鳥の糞」

「いやぁあああぁ」

　両手を顔を覆って身悶えていると、救いの声が降ってきた。

「あなた達、あんまり一樹いじめちゃ駄目よ」

「千紗姉！」

「あ、ルーナさん。ビデオもありますよ」

「千紗姉⁉」

　裏切りは、慈母の顔をしていた。

【お誕生日おめでとー！】

【はぁい！】

　ケーキを前に、二歳の私がご機嫌だ。お父さんとお母さんから貰った兎のぬいぐるみに、千紗姉から貰ったキーホルダーのクマさんをつけて、美紗姉と亜紗姉から貰った折り紙と似顔絵が描かれた手紙を握ってにっこにこだ。

でも、なんかもじもじしてる。

「……私、なんでもじもじしてるの？」

「見て！　みんな見て！　これ、お父さんメロメロの秘蔵映像だから！」

凄く嫌な予感しかしない。そもそも、ビデオ鑑賞って自体嫌な予感しかしない。今でさえ碌なことしてないのに、子どもの頃の映像なんてもっと碌なことしてないに決まってる。お姉ちゃん達も、昔のを見るのが恥ずかしいと、今まで上映されてなかったら内容知らなくて余計に不安だ。

【おとーさん！　おとーさん、あのね、もいっこほしい！】

【なに？　なぁに？　なにがほしいんでちゅかー？】

お父さん、でれでれすぎである。どうしよう。自分じゃないのに恥ずかしい。自分じゃないけど自分のことなので非常に恥ずかしい。お父さんは恥ずかしくないのか。ちらりとお父さんを見たら、ビデオの中と同じ顔をしていた。

お父さんはもう駄目なので、自分のことに集中する。好きな人に昔の自分の阿呆を見られるのって、こんなに恥ずかしいことだったのか。

画面の中の私は、ぱっと阿呆面になって両手を広げた。

【だっこ！】

馬鹿だったー！

両手を離したことにより、ぬいぐるみと手紙と折り紙が全部落ちたことに衝撃を受けた画面の中の私は、どうやったら全部抱きしめたまま抱っこをねだれるのか、泣きべそをかきながら考えていた。

最終的には、全部握りしめたまま【だっごぉ】と大泣きしながら部屋中を彷徨っている。

もうやめて！　私の羞恥心に耐えうる気力は空っぽです！

顔を覆って震えるルーナさん。いいんですよ。正直に馬鹿って言っていいんですよ！　分かってるから！　むしろ言って！　中途半端な優しさなんていらない！　いっそ馬鹿だと罵って！

ちなみにその翌年、三歳の私は、ぬいぐるみを服の中に押し込んで、手紙と折り紙を口にくわえてだっこをせがんでいた。ただ、だっこと言えないことに泣きべそをかき、二歳の時と同じ結末を辿ったのである。


四日目の朝、全員休みが取れたと聞かされた。じゃあ、皆で行ける場所を探そうと言うと、着物を着たお母さんと誠子さんが微笑んだまま首を振った。

「今日は、私達に付き合いなさい。全員よ」

「宜しく、カズキさん」

はあ、と、間の抜けた声で答えた私に、お母さん二人は顔を合わせて笑う。お父さんはそわそわしていて、イツキさんのお父さん和樹(かずき)さんに宥(なだ)められていた。お父さんのほうが年上なんだけど、どう見ても和樹さんのほうが大人である。

何故か着飾ったお姉ちゃん達も、顔を合わせて肩を竦めた。

知らぬは、私とルーナとアリスとユアンとイツキさんとツバキだけである。

……結構知らなかった！

皆で出発し、辿り着いた場所に首を傾げる。お姉ちゃん達の格好といい、出席するのかなと思ったけど、それにしては私はジーンズだ。なんだろうと思って、いつもは縁のないお城みたいな内装の建物を眺める。イツキさんも首を傾げていた。ここ、イツキさんのお家で経営されているそうだ。凄い。

きょろきょろと見回していると、気が付いたらルーナ達がいなくなっていた。え、ちょ、寂しい！慌てる私を、お母さん達は慌てず騒がず強制的に連行した。

その先でずらりと並べられたものに目を丸くする。それらとお母さん達の顔を何度も交互に見た。

「勝手に決めてごめんね。でも、この先のあんたを全部渡すんだから、せめて、思い出を私達に残してちょうだい」

微笑むお母さんの声が震えていて、胸が締め付けられる。ごめんなさい、お母さん、本当にごめんなさい。噴き出した想いは胸の中には留まりきらず、自然と口から飛び出した。

「ごめんなさいっ」

「……何言ってるの。あんたは本当に馬鹿ねぇ。お嫁に行くときは、今までありがとうが定番でしょう?」

ウインクしたお母さんの眼にも涙が滲んでいたけど、皆、知らないふりをした。

結婚式場を経営しているイツキさんのご両親が、場所も衣装も必要なものを全て提供してくれたという。髪とメイクは、亜沙姉がやってくれた。

「誰もが惚れる可愛い子にしてあげる」

「亜紗姉！」

「私の美容師生命を懸けて」

「そこまで懸けないと無理な感じ⁉」

プロである亜紗姉は、鏡越しに視線を逸らした。絶望である。

私の着ているドレスの裾をつついて、美紗姉が笑う。

「お父さんがさ、貸衣装じゃなくて世界に一着だけの衣装を！　って言ってたんだけどさ。ね、千紗姉」

千紗姉が手を握ってくれる。

「そうね。けどね、お母さんが、これまでたくさんの花嫁さんを幸せにしてきた衣装なんだから、あやかりましょうって。素敵よ、一樹。とっても似合ってる」

「千紗姉」

「亜紗の腕は最高ね！」

「千紗姉⁉」

亜紗姉の腕がいいのはそんなの常識だけども！

「私の命を懸けてるからね」

「本体の命まで懸けないと駄目な感じ⁉」

問い詰めようとしたら、動くなずれるの厳命が入ってしまった。口紅がずれたら、口裂けの黒曜かな！

　締め切られた扉の前で、お父さんの腕を鷲掴みにして立つ。

　普通、控室に新郎が来てくれるらしいけど、号泣するお父さんが立ちはだかりルーナ達に会えることなくいきなり入場になった。

「まさか、一樹が一番に奪われるとはっ……！」

「奪われる」

「一樹は一生家にいてくれるものだとっ……！」

「お父さん⁉」

　おいおいと号泣するお父さんの腕を掴む力を強める。そんな私達に、無情にも入場の合図が送られてしまった。

　私は、ぎゅうっとお父さんの腕を握り、開かれていく扉の先に歩き出す。もふぁと広がるスカートに、履き慣れない靴。がくがく震えておいおい号泣する支えのお父さん。転ぶ。絶対転ぶ。うおいうおい泣くお父さんと、うおおおおおおと頑張って立つ私。二人揃って入場である。

「…………なんつーへっぴり腰の花嫁」

　美紗姉のぽつりとした声に、亜紗姉と千紗姉が噴き出した。

　待って、笑いごとじゃないですよ。だって、お父さんがくがくだよ。ぶるぶるだよ。なんかずっと小刻みに揺れてるのに大きくも揺れてるんだよ。

　むしろ一人で歩いたほうがいいんじゃないかなと思いながら顔を上げたら、左右に並ぶベンチには、スーツに着替えたアリスちゃん達もいた。ユアンかっこいいよ、素敵だよ！　イツキさんは、何だか申し訳なさそうな顔をしていた。そんな顔をしないでほしい。私は、嬉しい。お母さん達と一緒に喜べて、嬉しいんです。ただ、支えは不要だった。転ばないことを祈ってほしい。

がくがくぶるぶる、へっぴり腰で進む先、到達地点の壇上に立つのはルーナだ。

あ、眩しい。眩しすぎて見えない。ルーナ大好き。凄くかっこいい。ルーナ大好き。

あまりにかっこよかったから、思わず回れ右しそうになった。その瞬間、ルーナの眼光が鋭くなった。ヴェール越しでも何故か表情を読まれたようだ。ルーナ凄い。怖い。

なんとかそこまで辿りついた私の手がルーナに渡され、ない。お父さん、手を離してもらえると嬉しい。転ぶよ。凄く転ぶよ。

号泣しながらお母さんに回収されたお父さんは、号泣しながら列に並んだ。つまり、ちっとも泣きやまない。お父さん、そろそろ泣きやんでくれないと、もらい泣きしそうなんですけども。泣いちゃったら、亜紗姉の美容師生命が懸けられた特殊メイクが剥がれ落ちてしまう。だから、頑張って堪える。

実はぬらりひょんの顔を作ってたと言われても納得できるくらい、顔面の皮膚が増えた。ミルフィーユ肌と呼ぼう。

泣きださないようそんなことをつらつらと考えていたら、誓いの選手宣誓になっていた。新婦はなんちゃらと聞こえて、慌てて誓いますと言おうとしたら、沈黙をもって答えろだったので慌てて黙る。あやうく元気よく宣誓する所だった。

指輪も用意してもらったので、ルーナはちょっと、いやかなり複雑そうだったけど、苦笑してヴェールを上げた。

「最後まで締まらないな」

「違うよ、ルーナ。最初だよ！」

「……そうだな」

「ルーナ大好き！」

「俺も、愛してる」

誓いのキスは、しょっぱかった。

ごめん、亜紗姉。耐え切れませんでした。


ぬらりひょんの化粧を直してもらって、たくさん写真を撮った。白無垢（しろむく）も着た。ルーナは勿論、アリスちゃん達も和服に着替えていて驚いた。襲撃を受けたときこの服でどう動くかとか話し合わなくていいんですよ？　お父さん、乗らなくていいんですよ？　お母さん、武士の写真見せなくていいんですよ？　ユアン君、忍者は現代日本にはいなくてですね。イツキさん、ツバキが酷くショックを受けたみたいなんでフォローお願いして大丈夫ですか!?　サンタはいるから大丈夫だよ！

そんな話をしながら、本当にたくさん、溢れんばかりの写真を撮った。

その時撮った写真は流石に間に合わなかったので手元には無いけれど、デジカメで撮った分をラミネートして、アルバムを作って渡してくれた。

結婚式の後は、近くでやっていた夏祭りにも行った。貸衣装で全員浴衣(ゆかた)を着せてもらって、屋台を巡った。銃なんて使ったことはないはずなのに、射的の景品をばんばか落とすルーナ達に店主のおじさんが泣きべそだ。綿菓子を食べたユアンは、雲を食べたとユリンに自慢するのだと笑った。たこ焼きも食べた。ラムネも飲んだ。ベビーカステラも食べた。フランクフルトも焼きそばも林檎飴も焼きトウモロコシも食べた。お腹みちみちになった。

人混みの中でも飛び抜けて目立つ人達と、人の視線なんて全く気にせず、遊んで、食べて、笑った。こっちの世界で私達は、ずっと、ずぅっと、遊んでいる。笑って、驚いて、笑って、好きになって、笑って、笑って、笑って。

楽しい想いだけを詰めていく。美味しい物、珍しい物と一緒に、私達の世界を皆の中にぎゅうぎゅうに。

私とイツキさんは思い出として。けれど皆はどこか、思い出と一緒に記録しているようにも思えた。だって、新しい物を見る度に、聞く度に、ふと笑顔が消えたからだ。覚えようとしてくれているのだと分かっていた。だから、私とイツキさんは何も気付かない振りをして、笑った。

固い帯を跳ね飛ばさんばかりになったお腹をさすっていたら、背後で大きな音がした。私とイツキさんの身体が強張る。音と衝撃が身体の中を叩く。

敵襲に身構え、弾かれたように振り向いた皆の瞳に、光の花が咲いた。

みんな見上げていた。呆けるように、見惚(みと)れている。その横顔を見ていたら堪えられるはずもない。もう駄目だと思った私の手に、冷え切った肌が触れた。それが誰の手か分かっていたから、そのまま握り返す。お互い震えていたから上手に握れず、指と指の間に指が重なり、変に握り合ってしまった。それでも握り直さず、ぎゅっと力が篭もった。

互いの支えがあって初めて、私達も瞳に花を咲かせた。瞬きよりも一瞬に咲いて、散る花。夜空を彩る大輪。夜に咲く、幻。どれだけ瞬きしても瞳に焼きつかせることは出来ないのに、思い出には鮮やかに焼きつく光の花。

へたくそに繋ぎ合った手が痛い。震える手のどこからこんな力が出るのか不思議になるほどだ。

私は彼の痛みを知らない。彼がこれに託した願いと救いを、祈りと呼ばれるそれら全てを理解することはないだろう。それでも、分かってしまう。この場において、彼の絶望を本当の意味で理解できるのは、同じ絶望に打ちのめされるのは、私だけなのだと。

それは誰の所為でもない。誰が悪いわけでもなければ、良いわけでもない。同じ時を同じ歴史で生きた。ただそれだけの理由が、私と彼に手を繋がせた。いつかは、仲が良いからと、そう言える日が来るかもしれない。けれどいま、私達が繋がった理由はきっとそれだけだ。それは、私達が一人ではない理由であり、証明だった。

危険な物だ。扱いに覚悟が必要な物だ。分かっている。使い道を間違えれば……いや、あれは間違いではない。そういう使い方になったというだけで、何が正しいか間違いかは、時代と世界が決める。それはすなわち人が決めるのだけど、人は自分の決断をそう呼ぶのだ。

あの世界では、散ることに意味を見出された存在となった。けれど私達にとっては、平和の象徴だった。夜空に美しく咲く姿に意味を見出した結果を、私達は愛してきたのだ。

イツキさんが咲かせたかった花。光の下に、笑顔を咲かせたかった願い。花火より呆気なく散らされた、かつての祈り。あの世界では、咲かなかった花。

夢を心に焼きつかせる光が、また夜空に咲く。楽しく穏やかで、緩やかで柔らかい記憶に咲く大輪の花。夜空を彩る、大切な人と過ごす鮮やかな時間に直結した、心躍る思い出の花。

「綺麗……」

ぽつりと、呼吸と同じほどひそやかに零れ落ちた言葉は、喧噪の中でも不思議なくらいはっきり聞こえた。

「綺麗、ですね。イツキ様」

「そう、だね」

「エマ様にも、見せてあげたかったなぁ」

「うん……そうだね……そうだね」

私もイツキさんも涙が止まらなかったけれど、光の花は、記憶にある思い出と何一つ変わらず、とても美しかった。

手を繋ぎ、かたかたと下駄を鳴らして歩く。少し疲れたからと、イツキさんとツバキは先に帰った。家までは電車で二駅だから、今回車は無しだ。花火大会のお祭りに、車で行くのは無謀である。駐車場を探す間に花火が終わる結果しか見えない。

アリスちゃんとユアンも一緒に帰っていった。行きに電車を使って来たので、説明係がイツキさん一人でもそこまで大変ではないはずだ。自動ドアも、改札も、アナウンスも、敵じゃないとみんな分かっている、はずだ。あわや自動販売機が惨殺される寸前だったそんなに離れていない過去を思い出し、若干不安になったが、たぶん大丈夫だろう。

ルーナは、私と手を繋いで歩いている。駅は出たけれど、ちょっと遠回りして帰ろうとぷらぷら歩いているのだ。

私が通った学校を眺めてきた。夜だから誰もいないし、門は閉まっているから校庭にも入れないけれど、学校は何も変わらずそこにある。当然だ。学校が異世界に行っちゃったら、かなり困る。

高校は駅を跨ぐので見学できなかったが、小学校と中学校は行けた。あそこで転んで、あっちの階段は転がり落ちて、あっちのフェンスに突っ込んで、あれは私を宙ぶらりんにして日干しのカズキを作った鉄棒で。道路側から思い出を説明すると、ルーナは逐一真面目な顔をして頷いてくれた。そして、それだけ怪我をしていたのに傷一つ残らなかった私の新陳代謝を褒めてくれた。どんな出来事にも褒める場所を見つけてくれるルーナが、いつも通り大好きだ。

かたんと下駄を鳴らす。からんからんと涼やかな音を立てるのは、意外と難しい。ただでさえ、気を抜けばがっと躓いて転びそうになるのだ。普段から履き慣れていない上にコツがいるのだ。履き慣れない靴で軽やかに歩く。そんなに簡単ではない。はずだが。

ちらりと横に視線を向ければ、着慣れないどころか人生初の服を着て、人生初の靴を履いているのに平然としているルーナがいる。私がどんくさいのか、ルーナが凄いのか。どっちもだなと結論が出て納得する。

真っ赤になった鼻も顔も、きっと今は落ちついているだろう。むしろ、その顔で電車に乗ってしまったイツキさんのほうが目立ってしまったかもしれない。目立つ髪色の集団を連れているから尚のことだ。

すんっと鼻の通りを確認して、へらりと笑う。

そう聞けば、ルーナは柔らかく目元を解いた。

「ルーナ、楽しかった？」

「――ああ」

何かを懐かしむように細めた瞳を一度閉ざし、ゆっくり開く。

「カズキからこの世界を奪うことに、罪悪感以上の躊躇いが生まれるほどに」

繋いだ手の力が強くて、思わず笑ってしまう。今日は痛いほど手を繋ぐ日だ。長い人生、そういう日もあるだろう。泣きたい日も笑いたい日もお腹はち切れても食べたい日もあんまり食べたくない日も。そんな日もある。どんな日だってある。全部合わせて、人生だ。

「ルーナ、私、奪われるんでも捨てるんでもなくて、選ぶんだよ」

捨てるのは、もう不要だからと自分の未来から切り離す行為だ。私は捨てていない。絶対、一生、捨てたりしない。

「持っていけなくても、連れていけなくても、抱えていける。私は私の中に、家族も世界も持っていける。そう出来る。お母さんもお父さんも、私にちゃんと、選び方を教えてくれたから」

だから平気とは言えなかった。それは嘘になる。今は、貫き通せるか分からない強がりをどうしてもしなければならない事態ではないのだ。むしろ、強がりをしてはいけない場所だと思った。

ちゃんと見てもらえとお母さんは言った。知ってもらえと。私が生きてきた世界を理解してもらえと、私を理解できる材料を増やせと。それは私にも当てはまる。私が、自分を理解してもらえる努力を怠る(おこた)なと、言っていたのだ。


だから、強がらない。嘘も言わない。

選んでもつらい。会えないのは寂しい。その先を知れず、手が届かないのは悲しい。

それでも、強制的に引き離されるよりずっといい。


「……お前の好物だというカレーは、向こうにないぞ」

「アードルゲで食べたシチュー最高に美味しかった！」

「お前が家族で行ったと嬉しそうに語っていた水族館も」

「家族には世界遺産みたいな街で暮らしてるって語ったよ！」

「お前がユアンとはしゃいでいた動物園も」

「ガリザザで見た鰐の迫力凄かったよね！」


命を懸けたふれあい動物園は、全力で遠慮したい案件だが。ちなみにこっちの動物園で突入した命を懸けないふれあいコーナーで、アリスちゃんは兎に群がられていた。何故か私が睨まれた。何故か私に頭突きを繰り返すヤギも含め、世界は不思議に満ちている。


でも、笑った。笑って、笑って、笑って。ずっと、はしゃぎ回って、笑って。

お祭りの熱を背負ったまま揺らす夜の熱が、何だか少しもの悲しい。祭りは終わりに近づくにつれて寂しくなる。何かの終わりを予感させるからだ。祭りの喧噪を、非日常を、夜の熱を思わせ、夏の終わりを象徴する。

［お前が通った学校も］

「一緒に暮らした砦は向こうにしかないよ」

［お前の友も］

「リリィ達はこっちにいないよ」

［……家族も］

ルーナは私よりよっぽど、日本の夏の郷愁を知っていそうだ。日中の熱を残しながら寂しさも味わわせる、故郷の夏に飲まれてしまったのだろうか。それならば、そんな夏を幾度も超えてきた私に一日の長がある。

からんと下駄を鳴らし、ルーナの手を握ったまま前へと躍り出る。両手で握り直し、ふへっと笑う。

「ルーナも家族だよ！」

今日私と結婚式を挙げたのは一体誰だというのか。それともあれは結婚式じゃなかったとでもいうのだろうか。七五三？　そんなはずはない。だって千歳飴（ちとせあめ）食べてないからね！

自信満々に胸を張る。しかしルーナからの反応がない。微動だにしないルーナを見上げていると、段々心配になってきた。……もしかしてルーナ、あれが結婚式だと分かっていなかった？　え？　いやそんなまさか……あっちの結婚式ってどんなのなんだろう。そもそも、お母さん達はルーナに説明したのかな？　あれ？　嫌な予感がしてきたぞ？

しまった。ルーナがあまりに普通で、異文化交流に必須事項である確認を忘れていた。暑さとは別の汗が噴き出す。目を逸らすことも忘れてじっと見上げながらだらだら冷や汗を流していると、不意にルーナが動いた。

袖のある服で両腕を広げるとかなり迫力あるなぁと、固まった思考がかちかち考えている間に抱きしめられていた。暑い。嬉しい。ここ道端。まだかちかちと秒針のように動いている思考が、順番に感想を伝えてくる。

「ルーナ、道、道端！」

住宅街に入っているから車も人通りも少ない。しかし、それはそれ。これはこれ。生まれ育った土地で、道端で、抱きしめられるのは大変多大に恥ずかしい。手を繋ぐのはぎりぎりいけた。浴衣マジックだ。

［そうだな……］

「そうだな⁉」

［俺が、お前の家族なんだな］

「それはそうですね！」

それでですね、道端がですね！　大変な道端がですね！

わたわたルーナの背中を叩いていたら、抱き込まれていた身体が離れた。ほっとした。ちゅーされた。長年通った懐かしの通学路の思い出がこれになった私の気持ちを、誰か分かってほしい。

◇

「ハンカチ持った？　ティッシュは？」

学校行く前の小学生みたいに忘れ物チェックが入る。でも、私が行こうとしているのは学校でも遠足でもない。

今生の、別れだ。

この数日間でぎゅうぎゅうに詰め込んだ思い出を抱えて、水を入れたバケツに、そっと石を入れる。石は静かに底へと沈んでいき、プラスチックの水底にぽこりと弾かれた。そのままとん、とんと跳ね、底で落ちついた。

私達はリビングの中心で、お互いに触れたまま塊で集まっている。お母さん達には台所まで下がってもらった。万が一でも巻き込んでしまうのが恐ろしいからだ。

自分達では制御できないものに頼ると、こういうとき恐ろしい。本当は得体の知れないものに頼ってはいけないのだろうが、イツキさんとツバキが多少研究していたことと、私を往復させた実績があるので大丈夫だと思いたい。それでも、結局この石が何なのかは分からなかった。分からないまま、私達は振り回され、最後は利用して終わろうとしている。

私とイツキさんから世界を奪い、そして与えた不思議な石。謎ばかりが詰まった、得難い出会いと、得るはずのなかった絶望を私達に与えた石。これは神様の意思か、世界の欠片か。どちらにせよ、もう二度と、誰もこの石と出会わなければいいと願う。

世界なんて、失うものじゃない。得難い出会いを得て、素晴らしい人達とたくさん出会い、その人達と交わした約束の地へ戻ろうとしていて尚、そう思う。

誰も知らないで。こんな痛み、想像すらしない生を過ごして。誰も、こんな苦しさで泣かないで。大切な人を、こんな別れで泣かさないで。そう、願う。

固唾を飲んで見守る中、石は、ふわりふわりと光を増していく。

それを確認して顔を上げると、私のお父さんとお母さん、イツキさんのお父さんお母さんが前に出てきていた。慌てて下がってもらおうとしたら、四人は深々と頭を下げた。

「私達は、子ども達に生きていく知恵を教えてきたつもりです。裏ワザから知恵袋、生きていく道を少しでも余裕を持って進めるように、その道程が少しでも生きやすいように。知っていることを、自らの経験から得たちょっとした近道を、この子達に教えてきました。ですが、それらはすべてこの世界でのことです。私達には、あなた方の世界で生きていく知恵を教えてやることは出来ません。心構えを見せることも出来ません。ですから、お願いします。この子達を宜しくお願いします。守ってやってください。私達がもう守ってやれないこの子達を、どうか、生涯変わらず愛してやってください」

「僕達の娘が、彼らの息子が、この決断を生涯後悔することないよう、僕達は祈ることしか出来ない。結末を知ることすら叶わない。だけど、僕達を安心させるために労力を使うのなら、どうか、全て二人の為に割いてほしい。君達に幸あれ、僕達の宝に幸あれと、僕達が死ぬまで願い続けていることを、どうか、忘れないでくれ」

お姉ちゃん達も伸ばした背はそのままに、深く、深く頭を下げていた。誠二君は下げない。ただ、ずっとイツキさんを見つめ続けていた。

ルーナと繋いだ手の力が強くなる。

「承知しました」

深く頭を下げたルーナの横で、私も頭を下げる。リビングの床に止めどなく雫が落ちていく。

「今までありがとうございました！　大好きです！　愛してます！　私、この家族の一員で幸せでした！　今でも、幸せです！」

何かを伝えたかった。でも、もう、何も伝えるべき言葉はないようにも思う。現に、イツキさんは何も言わなかった。ただ、止めどなく流す涙をそのままに、皆を、彼の世界を見つめている。失いたくなかった。私達は、本当に何も、失いたくなかった。死んだって、魂はこの世界で巡ると思っていた。そんな何となく抱える漠然とした死生観すら、私達は無くすのだ。これは喪失ではない。けれど別れだ。別れなのだ。

お父さん、お母さん、千紗姉、美紗姉、亜紗姉。

大好き。愛してる。ずっと、一緒にいたかった。

ありがとう、ありがとう、ごめんね、ありがとう、ありがとう。

でも、そして、だから、ずっと。

「元気で！」

顔を上げたと同時に、世界は、ぶつりと途切れる。

意識が途切れるその瞬間、大好きな彼らの、泣き叫ぶ絶叫が聞こえた気がした。

四十一章　神様は、少々私に手厳しい！

水飛沫と悲鳴。どっちが先だったのかは分からないけれど、世界は温かい飛沫に覆われた。

落下の衝撃で高く跳ね上がった飛沫で、どっちが上か下か分からなくなる。足がつかなければ混乱で溺れていたかもしれない私とは違い、ルーナ達はすぐに体勢を整えていた上に、戦闘態勢にまで入っていた。憧れるべきは、体幹の強さか、空間把握能力か。残念ながら、そのどちらも装備していない私とイツキさんは、互いに支え合い、足のつく深さでの溺死を免れた。

ちなみに、私の首根っこはルーナが、イツキさんの腕はツバキが掴んでいたので、私とイツキさんが支え合っている意味は、体勢的にはほぼない。けれど、心の支えになった。

女の人達の甲高い悲鳴……と、我に返った後のドスの利いた罵倒と罵声が聞こえてきた。湯気が激しくてよく見えないけれど、どうやらお風呂場のようだ。とんでもないところに落ちてしまった。

温かいお湯で全身がずぶ濡れになっているのに、冷や汗が噴き出す。

「嫌だもう！　天井に大穴開いてない⁉」

「開いてないわよ！」

「嘘でしょ⁉」

「そっちのほうが怖いわよ！」

「だったらどこから降ってきたの⁉」

「ああもう！　どうでもいいけどイグネイシャルスはまだなの⁉」

　湯気が晴れ始めた先で、なまめかしい足が地団駄を踏んでいる。咄嗟の判断で手近にある物を武器にしつつ、即座に体勢を整えた彼女達の状況把握能力は素晴らしいと思う。だが、是非とも隠して頂けると幸いです。足だけでなく、色々。豪快に武器を構えているその姿の、本当にもう色々と。

　桶に椅子に石鹸に、各々手近な武器を構えた女性達に、ルーナとアリスが顔を見合わせた。そして、剣から手を離し、両手を上げて背を向ける。既に両手で顔を覆って背を向けているイツキさんの前に立ち塞がっていたツバキと、私の横で濡れた頭をぷるぷる振っているユアンはそのままだ。

　そして私は、首を傾げた。何だかいま、知っている名前があったような。

　そして、この雰囲気も、よく知っているような？

「イギュネイシャンクス？」

「誰よそれ」

　即座に突っ込まれた。

「ちょっとお待ち。あんた……」

　凹凸に富んだ身体をちょっと惜しんでほしいと思うくらいまったく隠さず、燃えるような赤毛を掻き上げたお姉さんと目が合った。お互いに大きく瞬きをする。お姉さんの豊かな睫毛はばさりと揺れ、私のたまに存在を忘れる睫毛が地味に揺れた。

「カズキ⁉」

「カルーラさん⁉」

私達の声が重なった。同時に、女の子達の声も跳ね上がる。

「カズキ⁉」

「え⁉　カズキ⁉」

「嘘⁉」

「カズキ⁉」

「ほんと⁉」

カルーラさんは持っていた椅子二刀流を放り投げ、お湯に飛び込むと、勢いよく駆け寄ってくる。

「秘匿して！　カルーラさん、秘匿して！　前後上下左右全てにおいて秘匿してー！」

「あ、カズキだ」

「ほんとカズキだ」

「カズキって誰ですか？」

「ほら、昔ここにいたっていう黒曜だよ」

「えー！　すごーい！　初めて見たー！　あの、あれですよね！　なんか変な人！」

「そういやあんたまだいなかったねぇ」

わたわた上着を脱いでカルーラさんに押し付けている間に、周りはすっかり世間話モードに移行してしまった。流石接客のプロ。切り替えが早い。しかし、すっかりくつろぎモードに入ってしまった人々は、やっぱり服を着てくれない。せめて隠してほしいが、その気配すら現れなかった。

私の上着を前面に貼り付けたカルーラさんは、湯上がりほかほかの手で私の顔をがしりと掴んだ。

「……本当に、カズキね」

「カ、カズキよ！　久方ぶりですよ！」

「カズキ……」

「は、はい！」

そのまま動きを止めてしまったカルーラさんに顔を固定されたまま、視線だけを彷徨わせる。ここは大浴場のようだ。皆、よかったよかったみたいな雰囲気を出していらっしゃる。突如乱入したのは私達ではあるのだが、出来れば何か纏って頂けないでしょうか。そうでなければ、男性陣が身動き取れない。さっさと背を向けたルーナとアリスちゃんとは違い、ツバキは未だ警戒を解いていないようだ。けれど、今にも死にそうな顔で必死に向きを変えさせたイツキさんの指示に従い、今は背を向けている。ユアンは、アリスちゃんが頭を掴んで向きを変えていた。

「み、皆、服を」

「あんたちっとも変わってないわね⁉　何よそのお肌！　あ、でも怪我してるわね！　顔に！　ちょっと来なさい！　いい薬あるから！　ほら！」

私の顔をこねくり回したカルーラさんに引っ張られて、湯船からざぶざぶ上がる。ルーナ達を置き去りにしてしまった。イツキさんが全力で困っているのが、背中からでも分かる。やはり、何はともあれ皆に服を着てもらわなければならない。そうでなければ、茹だり上がったイツキさんが出来上がってしまう。イツキさんが倒れたらツバキが荒れる。ツバキが荒れたらルーナとアリスが反応する。つまりは大惨事である。

「服！　皆、服を着用し」

「風呂場にカズキが出たって⁉」

　ばたばた駆け込んできたのは、武装した自警団の皆だった。男衆が駆け込んできても、悲鳴一つ上がらない。皆、裸のままで「おそーい」の大ブーイングだ。先頭にいた男の人は、情報が錯綜してたんだよと言いながら視線を回し、カルーラさんに引っ張られている私で止めた。

「うわっ、本当にカズキだ」

「うわっ⁉」

　それはどういう意味の「うわっ」なのだろう。気になったけれど、よく考えればどうでもよかった。何より大事なのは「うわっ」の意味ではなく、「うわっ」の発言者である。

「ネイさん！」

「はいはい、俺ですよ」

　随分久しぶりに思えるネイさんは私を見て、持っていた剣をしまう。そして、顔を余所へ向けて間延びした声を出した。

「お嬢様ー、カズキですよー」

「うん」

　決して大きくはないのに、よく通るはっきりとした、けれど柔らかい声がネイさんに答える。

　現れたのは、新品の十円玉みたいに輝く髪をした美しい少女だ。

　少女というよりは女性に近く、でも女性というよりは少女に近い。すらりと伸びた手足に、成長と共に消えたそばかす。美しい凛とした瞳はそのままの、とっても可愛い女の子。

知っている知らない姿に、思わず叫んでいた。

「リリィ⁉」

「四年ぶり、カズキ」

「四年⁉」

侵入者である私達の声が綺麗に重なった。それには構わず、ふわりと柔らかな笑みを浮かべたリリィが、笑みと同じほど柔らかく私に抱きついた。咄嗟に、記憶にある体型への受け止め方をしてしまった私は、当然のように支えきれず、たたらを踏んで湯船に倒れ込んだ。

瞬きをするのも忘れてリリィに見入る。頭のどこかで小さなリリィを抱き上げてお湯から出さなければと思ったのに、それよりも早く私に抱きついたままのリリィが身を起こした。引っ張られてお湯から脱出する。髪の毛を顔に貼り付けたまま、まだ呆然と見つめてしまう。

だって、リリィ。可愛い。四年。可愛い。大きくなったね。可愛い。私を抱き起こせるくらい大きくて、可愛い。それに綺麗になって可愛い。大きくなって、本当に本当に可愛い。

ぐるぐる回っている思考は、私と同じように濡れた髪の毛を頬に貼り付けたままのリリィを見つめて、至極当然の結論に至る。

「リーリア大好き！」

「私もだよ、カズキ」

細かいことは全部放り投げて感情を弾けさせた私に、こてんと首を傾けたリリィも笑ってくれた。

その後ろで。

「カズキが、カズキが喋ってる！」

「言葉を話してる！」

「カズキが！」

「あのカズキが！」

「人間の言葉を！」

「神よ見ろ！　これが人間の可能性だ――――！」

ネイさん達が大盛り上がりだ。私達が登場したときより感動しているように見えるのはどうしてだろう。それと、一つだけ言わせてもらいたい。

「私、以前よりこちらの言語を喋っていたよ⁉」

「意味がっ、分かるっ！」

「イギュンネイスルスさん⁉」

「イグネイシャルスです」

そこだけ真顔になるの、やめてもらっていいですか？

でも、大変申し訳ございませんでした！

◇

たくさんの人が私達を見ている。たくさんの人が私達を見て静まり返っている。大勢いすぎて、何か一つの塊になってしまっているように見えるほど、本当にたくさんの人がぎゅうぎゅう詰めで広い広場に集まっている。その様子を、高い場所から見下ろす。しんっとしているのに、人の気配だけがざわめきとなって伝わってくる。それほどの数が、いま、ここに集まっているのだ。皆が、私の言葉を待っている。

私は、緊張で渇いた口の中で何度もつばを飲み込んで、ぎゅっとルーナの手を握り直した。

「ルーナ！　結婚を前提として結婚してください！」

「喜んで」

わあああと地が割れんばかりの歓声が広場を覆う。

「…………それ、正に結婚式の真っ最中に言うべきことか？」

呆れかえったアリスの声も、重なった誓いのキスで更に膨れ上がった歓声に埋もれて、間近にいるのに聞こえなくなってしまった。

「カズキ様、おかわり！」

「カズキ様、おかわり！」

「カズキ様、おわかり！」

「カズキ様、おかわり！」

次々に上がっていく手を前に、私は全身のバネを使って大きなばってんを作った。ひらひらした白いドレスが波打つ。繊細なレースが幾重にも重なり、綺麗に晴れ渡った空からの恩恵を存分に受けて光る。だが、そんな美しい白で覆われた私の足は力強く踏ん張っている。だって、酔っ払い、何遍言っても聞きゃしない。

「一杯のみであるよ！　そして一人分かられた人がいたよ！」

「そこをなんとか！」

「二杯の半分ならば宜しいよ！」

「結局一杯！」

どっと上がった笑い声にほっとしたら、後ろからおかわり合唱が聞こえてくる。酔っ払い、百回言っても聞きゃしない。

この戦いが終わったら一杯やりましょう宣言はここにようやく果たされた。予算は王家持ちとなった為、正式には私の奢りではないのだけど、私の奢りらしい。私が先導して、私の要請を受けた王家が動いたかららしい。仕組みはよく分からないが、ありがたく受け取った。受け取らないと、次々樽を空にしていく自称一杯組で破産する未来しか見えない。酒豪達の所為かおかげか、ここに黒曜の奢りという概念が誕生した。

「一杯のみであるよー！」

絶叫した私に、「おー！」と大変良いお返事をしながらおかわりしていく様子に、静かに頷いた。駄目だこりゃ。

しかし、その兵士達が何やら割れていく。屈強な歴戦の勇者達が跳ね飛ぶように道を空けていく先にいたのは、世界の愛らしさを詰め込んだ新品の十円玉みたいな髪をした可愛さだ。

「カズキ、花嫁が花婿放って給仕しちゃ駄目だよ」

「リリィ！」

私は、おかわりを求める手に柄杓を渡し、酒樽の横に置かれていた箱から飛び降りた。その段階で、酒樽の中に詰まった酒の命運は尽きた。私という給仕がいたから保たれていた秩序が一気に失われたからだ。後はもう、流れるように兵士達のお腹に収まっていくだろう。

だが今は、酒の命運より可愛いリリィだ。リリィの髪には、私が投げたブーケの花が何本も飾られている。

「リリィ、可愛い！　とてもお似合い！」

「ありがとう、カズキも綺麗だよ」

花嫁、ブーケを振りかぶって、投げたぁ！

号外の表紙を飾ったテロップを知る由もない私は、私と同じか、少し大きくなった可愛く美しいリリィにうっとり見惚れた。

リリィは十七歳になっていた。私達が向こうで過ごした五日間で、こっちは四年経っていたのだ。凄まじいずれに、肝が冷えた。次の満月まで半月後だったらと、考えるだけでも恐ろしい。

私達の帰りを、何より生存を信じて待っていてくれた人達の長い時間を思うと苦しかった。そして、自分では知らず開いた、追いつけない時間のずれ。そこに感じる焦燥とどうしようもない申し訳なさは、時間が開けば開くほど大きく深くなる。四年。それでも充分すぎる時間だ。そんなもの、ルーナ達に知ってほしくはなかった。

でも、十年は、もっと長い。数十年になると泣き叫びたくなる。待ってくれている人が生きている内に帰れなかった世界は、どんな色をしているのか。考えたくもなかった。胸を掻き毟って泣き叫んでも最早帰らぬ光景を、惜しんで悔んで、押し潰されそうになるだろう。

アリスを見て泣き崩れたアードルゲの人々の中で、最後まで真っ直ぐに立ち続けたエレナさんを見て改めて、帰ってきてよかったと思った。

果たされる再会の幸福を知っている。だからこそ、悲痛な別れが前提となった幸福を、誰も感じずに済めばいいと、願うのだ。

おかわり軍団は、おかわり作成部隊(定員一名)がいなくなったら、思った通りいそいそと自分でつぎ始めた。一人一杯の誓約は最初から破られ、一人樽一杯どころか、いっぱいいっぱいいーっぱいになりそうな勢いである。私はグラースとブルドゥスの国庫を思い、祈りを捧げた。

「あれ？　ユアンは？」

「向こうで腕相撲大会やってるから、ユリンと混ざってるよ」

指さされた先では、やけに人が集まってるなと思ったら腕相撲大会していたらしい。当然のように混ざっているティエンに、今では到底双子には見えなくなったユリンが玉砕している。

爆弾によって、背中と顔半分に火傷を残したユリンと、四年成長がずれてしまったユアン。二人はもう、双子には見えない。だけど、どちらも気にしていないらしい。それに、双子には見えなくても、兄弟にしか見えないのは変わらないのだ。

そして、まさか、ティエンとカルーラさんが結婚しているとは思わなかった。私達が新たに建て直された娼館のお風呂に落下した日は、偶然遊びに来ていたそうだ。

更に、結婚するならエレナさんが理想なのとうっとりと語ったドーラさんが選んだ相手がゆで卵……隊長だとは思いもよらなかった。一体何がどうなってそうなったのか分からないけど、まあ、幸せそうだから問題は何もない、はずだ。

次いで玉砕したイヴァルが身体ごと回転したけど、問題は何もない、はずだ。

またオリガミをしようねという約束を果たしたユアンとリリィは、最近ちょくちょく二人で出かけてるらしいと、ユリンが悔しがっていた。ユアンが帰ってくるまでは特定の相手を作らないスタンスだったのに、当のユアンにいい雰囲気のリリィが！　と、哀愁を漂わせていた。

ユリンは、ネイさんとよく飲みに行って愚痴を聞いてもらっているらしい。ネイさんは、ユリンからユアンの情報を聞いて為人を採点していると、カルーラさんがからから笑いながら教えてくれた。ユアンはいい子ですよイギュネイシャボンさん！　と言ったらチョップくらった。

会場内をきびきびと歩き回るエレナさんの左右に、きらきらと憧れの眼で彼女を見上げる二人がいた。一人は国賓のはずなんだけど、今日は無礼講らしい。だから、国賓がグラス回収してる。私の知ってる無礼講と違う。

国賓は、私の視線に気づいて、くしゃりと笑った。

「アニタ！　エリーゼ！」

二人に手を振る。二人はお互い目配せして、持っていたグラスを傍のテーブルに置く。そして、とても優雅な礼をくれた。

アニタは、ルーヴァル代表として式に参加してくれたミヴァエラ王子の婚約者としてここにいる。再会した途端、土下座に近い勢いで謝られた。その横で、エリーゼも同じように土下座していた。何事の謝罪ー!? と叫んでしまったけど、そういえば、故意と無意識の違いはあるけれど、この二人に殺されかけたんだった。その度その度それどころじゃなかったので忘れていた。大きくなったなぁ、可愛いなぁ、子どもの四年は大きいなぁ、可愛いなぁと思っている場合ではなかったようだ。

私が許さなかったら修道女になると固く誓っていた二人に、可愛く笑ってくれたら許して進ぜようと悪代官になったらぽかすか殴られた上に泣かれた。痛かったけど可愛かった。

エリーゼは昔、スヤマと呼ばれていた時代がある。黒髪の、私なんかとは似ても似つかない綺麗な女の子。綺麗な名前を貰ったね、エリーゼ、よかったね。自分の居場所を守ろうと、ぎらぎらぎらぎら光って泣き叫んでいた子どもはもういない。今にも砕け散りそうな刃物のような瞳は、今ではうっとりとエレナさんを見上げている。あれ？　二代目ドーラの道を？

ついでに言うと、アマリアさんはお子さんが生まれたばかりで来られなかった。おめでとうございます！　出産直後に王の元に現れた暗殺者をぶちのめした武勇伝は、未来永劫語り継がれる事でしょう！　あと、赤ちゃんがラヴァエル様の人差し指を握ってへし折ったと書いてあったんですが、それも一緒に語り継がれると思います。そして、これから更に語り継がれる内容が分厚くなっていくと言い切れますので、大変おめでたいでしょう！

ヴィーと、ヴィーの親友でブルドゥスの王女ヴァルとも、ようやく話が出来た。ヴァルとエリオス様は、この城がヌアブロウ達に占領されていた時、一緒に苦難を乗り越えていく内に仲良くなったらしく、あっという間にご結婚されていた。なんなんですか。結婚ラッシュですかと思っていたら、ラグビー部様とヴィーも結婚していた。思う思わないにかかわらずラッシュでした。

四年経ち、ラグビー部様はラグビー監督様になっていて、書道部様は書道部顧問様になっていた。エリオス様は、爆弾の後遺症で左半身がうまく動かせないけれど、元々得意だったアンキの腕はさらに磨かれたと笑っていた。そして、あのとき聞きそびれたアンキが暗器だと、ようやく分かったのである。

四年間。砕かれかけた地を支え、直し、新たに作り上げていく過程で、互いを支え、治し、関係を作り上げていった結果が今なのだろう。みんな突然結婚した！　と、びっくりするのは、私がそこにいなかったからだ。順当に積み重なっていた信頼と親愛が恋愛になって、一生を一緒に頑張っていこうと約束しただけだった。世界中のそこら辺を見渡せばすぐに見つかる、よくある尊く優しい決意で約束だ。

失ってきた未来を、失いかけてきた明日を、一緒に歩きたい人ができたから、その隙を逃さずものにしたのだと笑ったカルーラさんは、幸せそうであり、何より楽しそうだった。楽しい明日がいい。楽しい明日を信じられる今日がいい。そんな日々が遠くなってしまっていたからこそ、それを信じられる人を見つけたら見送るという選択がなかったのだろう。

ついでにいうと私も今日、ルーナとその約束をした。二回目だけど、こっちでは一回目だ。

東の守護地からは、力添えへの感謝と謝罪。そして、ユアンを守ってくれてありがとうと、二人のサイン入りの手紙が届いていた。守護伯達はそう簡単に守護地から離れられない。戦前から守り続けた国境を戦後も守り続ける。辺境を守る伯爵達として、それは何より正しい姿だった。いつだって変わらない存在で在り続けた守護伯達は、これからもそうであるのだろう。彼らの姿は、国民達に深い安堵を齎した。

ヒューハは、今も牢にいるという。アーガスク様とエリオス様は、あのとき反旗を翻した騎士と軍士の罪は、国の責であると言って、彼らを不問とした。勿論監視は付けられるが、彼等は戦災の被災者だと解放された。けれど、未だに牢から出ない人間が数多くいるのだと言う。

処刑の沙汰を、彼等は今も待ち続けている。最初から許されるつもりのなかった彼らにとって、許しは苦しみでしかないのだろうか。けれど、新王の二人は、彼らが牢から出られる日が両国の戦争の終わりだと言った。だから、諦めないとも。

その日が来るのを、私は同じこの世界で待っていたい。

意外だったのは、両国民の多くが新王二人の沙汰を支持したことだ。これは新王二人も意外だったらしい。国民達の選択は、罪悪感が齎したのだろうか。それとも何か、怒りや虚しさや、罪悪感以外の何かがそこにはあるのだろうか。私には分からない。いつかは分かる日が来るのだろうか。その日は皆が笑う日だろうか。分からないけれど、暖かい日だといいと思う。

もう一つ、二人は、私に権力はいるかと問うた。黒曜の名で、全てから独立した機関を作れるし、その様な要望が多数来ていると。

もちろん丁重にお断りした。ありとあらゆる意味でとんでもないことだ。黒曜の名も、幻想も、すべて私には過ぎたるものだ。卵焼きの焼け方が毎朝の大事件である私には、背負えるはずもないものである。

そう答えた私に、二人の王様は膝をついた。慌てる私の手を取り、額をつける。

「貴女に報える世界を、必ず捧げよう」

寸分違えることなく発せられた言葉に、捧げられても困るので、見せてもらうだけで充分ですと答えたら爆笑された。その後、真似するなと大喧嘩が始まった二人の姿を見て、変わらないなぁと微笑ましく、は、思わなかった。ルーナとアリスもそうだったのか、そこは変われという顔をしていた。同感である。

大国の王様二人が繰り出す、大変、多大に、最大限に遺憾の嵐を聞きながら、私達は静かに退場した。

今日も恐らく、会場内で遺憾の嵐をぶつけ合いながら喧嘩しているはずだ。そういえばあっちが騒がしい……いや、そっちも騒がしいし、こっちも騒がしい。うむ、騒がしくないところがない！　まあ、その辺にいるだろう。

あ、ネビー先生だ。四年経って足を悪くした先生は、車椅子に乗っていた。ちなみに、患者が出たらドリフトで駆けつけるから、その過程で誰か轢かれるらしい。今も、腕相撲大会が行われていた空間で上がった悲鳴に、先生のドリフトが唸った。ティエンの潰れた声がしたが、まあいいや。

うむっと腕組みして頷いた背がばんっと叩かれた。ティエンを見捨てた罰か怨念かと思って振り向くと、元気な笑顔がいた。

「よ！　カズキ！　おめでとさん！」

「ナクタ！　ありがとう！」

「なあ、カズキ、シャルン見なかったか？　あいつ、あんたの結婚式に合わせて本出すんだって毎日徹夜でさ。すぐ飯食うの忘れるんだぜ？　ったく、手が焼けるぜ」

「シャルンさんならば、あちらの木陰で直立不動であったよ？」

「あ、それ寝てるわ。わりぃ、ありがとな！」

ナクタはドレスの裾を縛り、豪快に駆け出して行った。シャルンさんの言葉遣いは今だ直らず、ナクタの言葉遣いも四年経っても変わる気配はないようだ。

　イツキさんとツバキは、一緒に帰ってきてすぐにガリザザへ、エマさんの元へと戻っていった。私からの伝言を、たくさん持って。

　色々大変だろうし、風当たりも強いだろう。だけど、イツキさんは選んだ。エマさんの元へ帰ってくることを選んで、ガリザザへと戻った。

　エマさんは、皇帝として頑張っている。結婚式に参加できないことが無念でならないと四回くらい書かれたお祝いの手紙が届いた。ガリザザは、恨みと悲しみを抱えたまま、なんとか回っている。今はまだ半年近く国を空けるわけにはいかないけれど、いつか、こっちに来られるくらい国を落ち着かせてみせると書かれてあった。

　そして最後に、あの村は解いたと、一言だけ。

　今度、イツキさんとエマさんの結婚式があるから、新婚旅行がてら行ってきたいけど、ルーナはあまり乗り気じゃないので、まあ、要話し合いである。もしも行けたら、その時にはいっぱい話をしたい。

「カズキ？」

リリィが小首を傾げた。非常に、可愛い。

ガルディグアルディア含むブルドゥス裏三家と、グラースでも同じような立場にある三家は、今回の騒動を経て手を組んだ。今では、総勢六家による、雑貨店やカフェ、本屋などの店が二国に広がっている。雑貨店は食料も扱っているので、実質スーパーマーケットである。

そういう手の組み方もあるのかと驚いた。今回、目が届かず王都にまで手を出されたことが、彼等は相当頭に来ていたらしい。情報収集を兼ねた、前代未聞のチェーン店の開催である。アードルゲも相当関わっているらしい。実は、私はその内のどこかで働かせてもらえる話になっている。

グラースとブルドゥス、どっちで暮らしてもどちらかに角が立つから、どうせなら交互に暮らせばいいじゃないというヴィーとヴァルの提案だ。どこかの店に私がいますよと言うだけで、結構な宣伝効果になるらしい。ちょっと、客寄せパンダになった気分だ。いや、パンダなんて高価で愛らしい存在になった気分だなんて烏滸がましい。私は客寄せの卵お一人様一パックまでだ。

「そろそろ騎士ルーナの所に行ってあげなくていいの？」

はっとなる。リリィに見惚れていたけど、ルーナも大好き。今すぐ会いたい。

そわそわし始めた私の両手を握りしめ、リリィはふわりと微笑んだ。大きくなったから、目線が近い。体型だって随分大人になった。手だって握りやすくなったし、抱き上げるのは全力で頑張らなければ難しくなった。けれど、笑みが嬉しいのは変わらない。

全然、全く、これっぽっちも変わらない顔で、リリィは微笑む。

「言いそびれてたんだけど、カズキ、いらっしゃい」

「え？」

「それと」

背が伸びたリリィはもう、背伸びしなくても私の頬にキスが届いた。

「おかえりなさい、カズキ」

「ただいま、リリィ！」

私には故郷が二つある。

それはとても苦しくて、とても幸せなことだった。


ルーナを探して広い庭園を彷徨う。監視カメラ代わりに立っている騎士と軍士の前を通り過ぎるたびに敬礼してくれるので、私も敬礼を返していたら何度も転びかけた。

さしもの私も、すっころんでいま着ている服を汚す勇気はない。だって白だ。白を着ているととても緊張する。主にご飯食べるときに。

わさっとスカートを持って、きょろきょろ歩いてルーナを探す。結婚式で花嫁一人がうろうろしていても、まあ黒曜だしな、みたいな眼で温かく見守ってもらえる。皆様の黒曜感がだいぶ実物に近づいてきて嬉しい限りだ。今までの『※ただし現物は異なります。』の誇大広告から『※個人の使用感です。』にまで進歩した気がする。

「カズキ」

「アリスちゃん！」

グラスを片手に珍しく一人で立っていたアリスが歩いてくる。私も駆け寄った。一緒に移動したから、あっという間に目の前に来た。

アリスの目の前でぴたりと止まり、どうだ転びませんでしたよの気持ちを込めて胸を張る。見上げたアリスは、酔っているのか、頬が少し赤い。これも珍しい気がする。酔うまで飲んでいるアリスを初めて見た。こっちに帰ってきてから皆と飲んでいても、アードルゲ宅でも、酔うほど飲んではいなかったのだ。

「ルーナはどうした？」

「ご両親とお喋りされていたので、デザート巡りへと出立すらば、帰還できぬこととなったよ！」

ホーネルトご夫妻は、人の良さが顔にも行動にも、なんかもう全てにおいて滲み出す人達だった。ルーナを最初に解いた人達と会えて私は本当に嬉しかったし、ホーネルトご夫妻も文字通り飛び上がって喜んでくれたけれど、何よりルーナが嬉しそうだったのが一番嬉しかった。

照れくさいような、誇らしいような。そんな顔を初めて見た。ルーナもお父さんとお母さんの前ではそんな顔をするんだなぁと、初めて見た顔に感動していたら、ホーネルトご夫妻が誰より感動していた。

そんなやりとりを思い出して一人で勝手に幸せになっていたら、アリスちゃんが小さく笑った。

「たわけ」

酷く静かなたわけに首を傾げる。グラスを置いたアリスが無造作に両手を広げたから、私も真似して広げた。そのまま抱きしめられて、私も思いっきり抱きしめる。

「私では、泣かせてやれんからな」

「え？」

柔らかく解けたアリスの瞳が近づいてきて、目蓋に唇が触れた。くすぐったくて思わず目を閉じれば、アリスも笑ったのか吐息がかかる。隣の目蓋にも唇が触れて、もっとくすぐったくなって笑ってしまう。身を捩って笑えば、額を合わせたアリスがふっと笑みを消した。

「好きだ、カズキ。愛してる」

「私も、アリスちゃんが大好き！」

アリスはふわりと笑う。

「知ってるさ。さあ、行け、親友！　ルーナはあっちだ！」

「ありがとう、アリスちゃん！」

「おめでとう、カズキ！」

背を押されて駆け出す。

普通花嫁は走らないらしいけど、ここにいる人達はもう呆れもせず、それどころかそれ行けと言わんばかりに道を空けてくれる。

その道の先に、ルーナがいた。